Avec nos remerciements à J. K. Rowling
qui a écrit ce livre en donnant généreusement
tous ses droits d'auteur à Comic Relief.

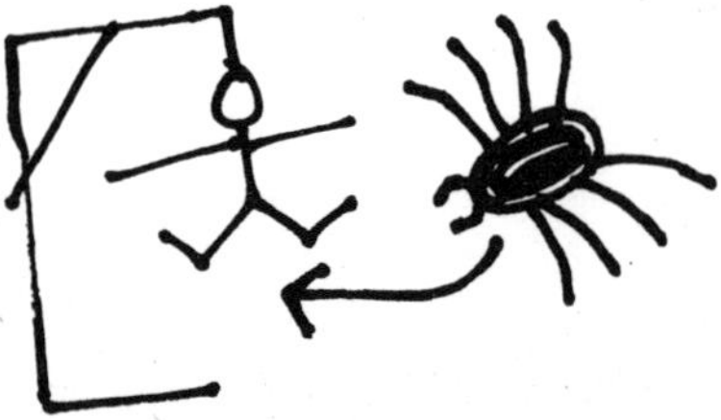

tu es mort
Weasley

a _ _ _ _ a n _ _ l e

Harry
aime
Mimi
Geignarde

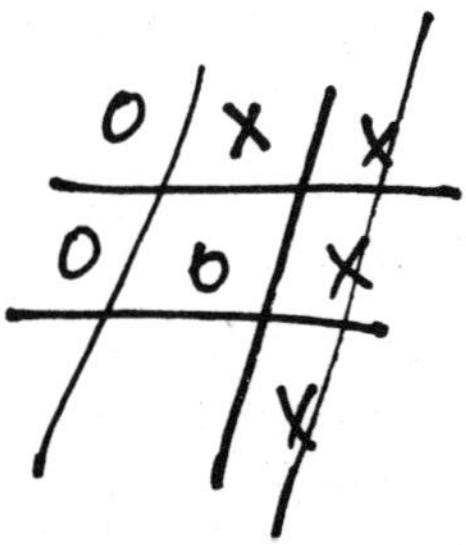

À propos de l'auteur

Newton (« Newt ») Artemis Fido Scamander (plus connu en France sous le nom de **Norbert Dragonneau**) est né en 1897. Son intérêt pour les animaux fantastiques est encouragé par sa mère qui se consacre avec enthousiasme à l'élevage des hippogriffes de compagnie. Après avoir obtenu son diplôme en sorcellerie à l'école Poudlard, Mr Scamander est engagé au Département de contrôle et de régulation des créatures magiques. Après deux ans passés au Bureau de replacement des elfes de maison, des années qui lui ont paru « d'un ennui extrême », il est transféré au service des animaux fantastiques où sa prodigieuse connaissance des créatures bizarres lui assure une rapide promotion.

Responsable de la création du Registre des loups-garous établi en 1947, il affirme que l'action dont il tire la plus grande fierté reste l'interdiction de l'élevage expérimental, adoptée en 1965, qui a permis d'empêcher la création de nouveaux monstres indomptables sur le territoire de la Grande-Bretagne. Le travail accompli par Mr Scamander à l'Office de recherche et de contrôle des dragons l'a amené à effectuer de nombreux voyages à l'étranger, au cours desquels il a eu l'occasion de réunir une nombreuse documentation. C'est cette documentation qui lui a permis d'écrire son best-seller international, *Vie et habitat des animaux fantastiques*, dont cinquante-deux éditions ont été publiées à ce jour, notamment en France où Mr Scamander a adopté le pseudonyme de Norbert Dragonneau.

Newt Scamander est décoré de l'Ordre de Merlin, deuxième classe, en reconnaissance des services rendus à l'étude des animaux magiques, ou magizoologie. Aujourd'hui retraité, il habite le comté du Dorset avec son épouse Porpentina et leur trois Kneazles domestiques : Hoppy, Milly et Mordy.

Préface

Je me suis senti très honoré lorsque Newt Scamander m'a demandé d'écrire la préface de cette édition très particulière de *Vie et habitat des animaux fantastiques*. Le chef-d'œuvre de Newt a toujours été un manuel chaleureusement conseillé au collège Poudlard dès sa première publication et il est certainement pour beaucoup dans le taux élevé de réussite de nos élèves aux examens de soins aux créatures magiques. Ce livre n'a cependant pas vocation à rester confiné dans les limites d'une salle de classe. La bibliothèque d'un sorcier ne saurait être complète sans un exemplaire des *Animaux fantastiques*, abondamment feuilleté par des générations successives de parents et d'enfants soucieux de connaître le meilleur moyen de débarrasser la pelouse de ses Horklumps, d'interpréter les lamentations d'un Augurey ou de guérir un Puffskein domestique de sa manie de boire l'eau des toilettes.

Cette édition a toutefois un objectif plus ambitieux que de donner des conseils à un public de sorciers. En effet, pour la première fois dans l'histoire des vénérables éditions Obscurus, l'un de ses ouvrages sera désormais accessible à des lecteurs moldus.

Le travail accompli par Comic Relief dans son combat pour essayer de soulager les pires souffrances humaines est bien connu dans le monde des Moldus et c'est donc à mes collègues sorciers que je souhaiterais m'adresser plus particulièrement. Sachez que nous ne sommes pas les seuls à reconnaître les pouvoirs bienfaisants du rire ; les Moldus, eux aussi, sont conscients de ses vertus et s'appliquent à cultiver ce don avec toute l'imagination dont ils sont capables, en l'utilisant notamment pour recueillir des fonds destinés à sauver des vies ou à améliorer des conditions d'existence précaires – une forme de magie à laquelle nous aspirons tous. Comic Relief a ainsi rassemblé 800 millions de livres sterling depuis 1985 (158 001 035 Gallions, 8 Mornilles et 2 Noises).

Le monde des sorciers aura désormais le privilège de contribuer aux efforts de Comic Relief. Vous avez entre les mains une copie de l'exemplaire personnel de Harry Potter avec les notes documentaires que ses amis et lui-même ont ajoutées dans les marges. Bien que Harry se soit montré quelque peu réticent à l'idée de voir ce livre reproduit dans sa forme présente, nos amis de Comic Relief estiment que ses modestes ajouts personnels ne feront que renforcer le caractère distrayant de cet ouvrage. Mr Newt Scamander, depuis longtemps résigné à voir son chef-d'œuvre s'orner de multiples graffiti, a volontiers donné son accord.

Cette édition des *Animaux fantastiques* sera en vente chez Fleury et Bott ainsi que dans toutes les librairies moldues. Les sorciers qui souhaiteraient apporter une contribution supplémentaire pourront le faire par l'intermédiaire de la banque Gringotts (demander Gripsec).

Il me reste à avertir ceux qui auraient lu ces quelques pages sans acheter le livre que celui-ci recèle un sortilège du Voleur et qu'ils devront donc en subir les conséquences. Enfin, je profite de l'occasion pour rassurer les lecteurs moldus en leur précisant que les amusantes créatures décrites dans cet ouvrage sont une pure fiction et qu'elles ne peuvent en aucun cas leur faire le moindre mal. Quant aux sorciers, je leur rappellerai simplement : *Draco dormiens nunquam titillandus*.

Introduction

Quelques précisions sur ce livre

Vie et habitat des animaux fantastiques est le fruit de longues années de voyages et de recherches. Lorsque, remontant le temps, je repense au jeune sorcier de sept ans qui passait des heures dans sa chambre à démembrer des Horklumps, je lui envie les voyages qui l'attendaient : des profondeurs obscures de la jungle aux déserts étincelants, des sommets enneigés aux humides marécages, ce garçon à la saleté repoussante, couvert d'une véritable croûte de Horklumps, allait se lancer, ayant pris de l'âge, sur les traces de tous les animaux décrits dans les pages qui suivent. J'ai exploré des tanières, des terriers et des nids sur les cinq continents, j'ai observé les mœurs étranges de créatures fantastiques dans des centaines de pays, j'ai été le témoin de leurs pouvoirs, j'ai gagné leur confiance et, à l'occasion, je les ai repoussées, armé de la bouilloire qui m'accompagnait dans mes expéditions.

La première édition des *Animaux fantastiques* me fut commandée il y a bien longtemps, en 1918 exactement, par Mr Augustus Worme, de la maison Obscurus, qui eut l'amabilité de me demander si je voulais envisager d'écrire pour sa société d'édition un ouvrage traitant des animaux fantastiques, une sorte de manuel condensé qui pourrait faire autorité en la matière. Je n'étais alors qu'un modeste employé du ministère de la Magie et je sautai aussitôt sur l'occasion, à la fois pour arrondir mon maigre salaire de deux Mornilles par semaine et passer mes vacances à parcourir le globe à la recherche de nouvelles espèces magiques. Le reste appartient à l'histoire de la librairie : *Les Animaux fantastiques* en sont aujourd'hui à leur cinquante-deuxième édition.

Cette introduction a pour but de répondre à quelques-unes des questions qu'on me pose le plus fréquemment, dans le courrier qui m'arrive chaque semaine par sac postal, depuis que ce livre fut publié pour la première fois, en 1927. La première de ces questions est la plus fondamentale de toutes : Qu'est-ce qu'un animal fantastique ?

un gros machin avec plein de pattes partout

QU'EST-CE QU'UN ANIMAL FANTASTIQUE ?

La définition de l'animal fantastique a fait l'objet de controverses des siècles durant. Au risque de surprendre certains élèves qui abordent pour la première fois l'étude de la magizoologie, la question apparaîtra peut-être plus clairement si l'on considère d'emblée trois types de créatures magiques.

Les loups-garous passent la plus grande partie de leur temps sous une forme humaine (qu'ils soient moldus ou sorciers). Une fois par mois, cependant, ils se transforment en une bête sauvage à quatre pattes, animée d'intentions meurtrières et privée de toute conscience humaine.

Les mœurs des centaures sont très éloignées de celles des humains ; ils vivent en pleine nature, refusent de s'habiller, évitent les contacts avec les sorciers et les Moldus tout en ayant une intelligence égale à la leur.

Les trolls ont une apparence humanoïde, marchent en position verticale, peuvent apprendre quelques mots de vocabulaire, bien qu'ils soient moins intelligents que la plus sotte des licornes, et ne possèdent aucun pouvoir magique en dehors d'une force prodigieuse qui paraît surnaturelle.

Posons-nous à présent cette question : laquelle de ces créatures peut-on considérer comme un être – c'est-à-dire quelqu'un qui mérite de bénéficier de droits garantis par la loi et d'avoir voix au chapitre dans l'organisation du monde magique – et laquelle n'est qu'un animal ?

Les premières tentatives de classification des créatures magiques se sont révélées très sommaires.

Burdock Muldoon, chef du Conseil des sorciers[1] au XIVe siècle, décréta que tout membre de la communauté magique marchant sur

1. Le Conseil des sorciers était l'ancêtre du ministère de la Magie.

deux jambes devait bénéficier du statut d'être, les autres entrant dans la catégorie des animaux. Dans un esprit d'amitié, il invita tous les êtres à rencontrer des sorciers à l'occasion d'un sommet destiné à débattre de nouvelles lois magiques. Mais, à sa grande consternation, il s'aperçut qu'il avait mal évalué la situation. La salle de réunion se trouva en effet envahie par des gobelins qui avaient amené avec eux autant de créatures à deux jambes qu'ils avaient pu trouver. Bathilda Tourdesac nous raconte la suite dans son *Histoire de la magie* :

> Il était difficile d'entendre quoi que ce soit dans le vacarme provoqué par les hurlements rauques des Diricawls, les gémissements des Augureys et les chants criards et incessants des Fwoopers (ou Focifères). Pendant que les sorciers et les sorcières s'efforçaient de consulter les papiers disposés devant eux, divers lutins et fées tourbillonnaient autour d'eux en gloussant et jacassant. Une douzaine de trolls commencèrent à dévaster la salle à l'aide de leurs massues tandis que des harpies

rôdaient un peu partout à la recherche d'enfants à dévorer. Au moment où le chef du conseil se levait pour ouvrir la séance, il glissa sur une crotte de Porlock et se précipita hors de la salle en poussant des jurons.

Comme nous le voyons, la possession de deux jambes ne pouvait nullement garantir qu'une créature magique s'intéresserait aux affaires qui préoccupaient les instances dirigeantes de la sorcellerie. Découragé et amer, Burdock Muldoon renonça à tout autre tentative d'intégrer au conseil des membres extérieurs à la communauté des sorciers.

Le successeur de Muldoon, Elfrida Clagg, s'efforça de redéfinir le terme d'« être » dans l'espoir d'établir des liens plus étroits avec d'autres créatures magiques. Les êtres, déclara-t-elle, étaient ceux qui parlaient une langue humaine. Quiconque pouvait se faire comprendre des membres du conseil était de ce fait invité à se joindre à la prochaine réunion. Mais cette fois encore, des difficultés ne tardèrent pas à apparaître. Les trolls, à qui les gobelins avaient enseigné quelques phrases simples, recommencèrent à détruire la salle.

Des Jarveys se faufilaient entre les pieds de chaises en mordant toutes les chevilles qui se trouvaient à leur portée. Une importante délégation de fantômes (qui avaient été interdits d'entrée du temps de Muldoon pour la raison qu'ils ne marchaient pas sur deux jambes mais glissaient dans les airs) assista à la réunion, mais s'en alla bientôt, outrée par ce qu'elle appela plus tard « l'impudente prétention à vouloir satisfaire les besoins des vivants sans accorder la moindre importance aux aspirations des morts ». Les centaures qui avaient été classés comme animaux par Muldoon et que Madame Clagg définissait désormais comme des êtres, refusèrent d'assister au conseil pour protester contre l'exclusion des sirènes et des tritons qui étaient incapables de converser autrement qu'en langue aquatique lorsqu'ils se trouvaient à l'air libre.

Il fallut attendre 1811 pour qu'apparaissent des définitions acceptables par la grande majorité de la communauté magique. Grogan Stump, qui venait d'être nommé ministre de la Magie, décréta qu'un être était « une créature dotée d'une intelligence suffisante pour comprendre les lois de la communauté magique et pour prendre une part de responsabilité dans l'élaboration de ces lois[2] ». Les représentants des trolls furent interrogés en l'absence des gobelins et jugés incapables de comprendre quoi que ce soit à ce qu'on leur disait ; aussi les classa-t-on parmi les animaux en dépit de leur faculté de marcher sur deux jambes ; les sirènes et les tritons furent invités, par l'intermédiaire d'interprètes, à devenir des êtres pour la première fois de leur histoire et s'appelèrent désormais les « êtres de l'eau » ; les fées, les lutins et les gnomes, en dépit de leur apparence humanoïde, se trouvèrent classés d'office dans la catégorie des animaux.

Bien entendu, la question ne fut pas définitivement réglée pour autant. Nous connaissons tous les théories de certains extrémistes qui militent pour que les Moldus soient considérés comme des animaux, pas même fantastiques ; nous savons également que les centaures ont refusé le statut d'êtres pour

2. Une exception fut faite en faveur des fantômes qui se plaignaient d'être classés parmi les êtres en affirmant qu'on ne peut pas « être » et « avoir été ». Stump décida en conséquence de créer au sein du Département de contrôle et de régulation des créatures magiques les trois services que l'on connaît aujourd'hui : le Service des animaux, celui des êtres et celui des esprits.

revendiquer celui d'animaux[3] ; les loups-garous, pour leur part, ont été longtemps ballottés entre le Service des animaux et celui des êtres ; au moment où nous écrivons ces lignes, il existe un Bureau d'assistance sociale aux loups-garous rattaché au Service des êtres tandis que le Registre des loups-garous et l'Unité de capture des loups-garous dépendent du Service des animaux. Par ailleurs, plusieurs créatures dotées d'une haute intelligence ont été classées comme animaux en raison de leur incapacité à dominer leur nature brutale. Ainsi, les Acromantules et les Manticores ont la faculté de tenir un discours intelligent, mais ne peuvent s'empêcher d'essayer de dévorer tout humain qui passe à leur portée. Le sphinx ne parle que par énigmes et devinettes, mais se montrera violent si on lui donne une mauvaise réponse.

3. Les centaures déclarèrent qu'ils ne souhaitaient pas partager le statut d'êtres avec certaines créatures telles que les harpies et les vampires, préférant s'organiser indépendamment des sorciers. Un an plus tard, les êtres de l'eau firent une demande similaire tout en conservant leur nouvelle appellation. Le ministère de la Magie accepta à contrecœur de se plier à leurs exigences. Bien qu'il existe un Bureau de liaison des centaures au Service des animaux du Département de contrôle et de régulation des créatures magiques, aucun centaure n'y a jamais eu recours. L'expression « Être envoyé au Bureau des centaures » est devenue une plaisanterie commune dans les couloirs du département et signifie que la personne à qui on l'applique se trouvera bientôt licenciée.

Chaque fois qu'il existe une incertitude quant à la classification d'un des animaux figurant dans les pages suivantes, je l'ai indiqué dans le paragraphe qui lui est consacré.

Examinons à présent la question que les sorcières et les sorciers posent le plus souvent lorsque la conversation s'oriente vers la magizoologie : Comment se fait-il que les Moldus ne remarquent jamais l'existence de ces créatures ?

menteur

UNE BRÈVE HISTOIRE DE LA PERCEPTION DES ANIMAUX FANTASTIQUES PAR LES MOLDUS

Si étonnant que cela puisse paraître aux yeux de nombreux sorciers, les Moldus n'ont pas toujours été ignorants des créatures magiques et monstrueuses que nous nous sommes si longtemps efforcés de leur cacher. Un coup d'œil à l'art et à la littérature moldus du Moyen Âge indique que de nombreuses créatures qu'ils croient aujourd'hui imaginaires étaient connues alors pour être bien réelles. Le dragon, le griffon, la licorne, le phénix, le centaure, et bien d'autres encore, sont représentés dans les œuvres moldues de cette période, bien que, le plus souvent, avec une inexactitude presque comique.

Pourtant, un examen attentif des bestiaires moldus de l'époque montre que la plupart des animaux fantastiques ont complètement échappé à l'attention des Moldus ou bien ont été pris pour quelque chose d'autre. Étudions par exemple ce fragment d'un manuscrit écrit par un certain frère Benedict, moine franciscain du Worcestershire :

> Ce jour d'hui, alors que je m'occupais du jardin d'herbes, il advint qu'en écartant des feuilles de basilic je découvris au-dessous un furet d'une taille monstrueuse. Icelui ne courut ni ne se cacha ainsi que les furets ont coutume d'agir mais sauta sur moy et me jeta au sol tandis qu'il s'écriait avec une fureur bien peu naturelle : « Escampe-toy d'ici, crâne d'œuf ! » Il mordit alors mon nez avec tant de cruauté que le sang en coula pendant plusieurs heures. Le frère capucin ne voulut pas croire le récit de ma rencontre avec un furet doué de parole et s'inquiéta de savoir si le frère Boniface m'avait donné

> à boire de son vin de navet. Mais comme il voyait que le sang coulait encore de mon nez boursouflé, il me donna licence de ne point paraître aux vêpres.

De toute évidence, ce n'était pas un furet que notre ami moldu avait découvert, mais un Jarvey qui était sans doute à la poursuite de gnomes, sa proie favorite.

Une compréhension imparfaite est parfois plus dangereuse encore que l'ignorance, et la peur que les Moldus éprouvaient à l'égard de la magie était sans nul doute aggravée par la terreur de ce qui pouvait se cacher parmi les herbes de leurs jardins. Les persécutions que les Moldus faisaient subir aux sorciers atteignaient en ce temps-là une intensité jamais connue jusqu'alors et la vue d'animaux tels que les dragons et les hippogriffes ne pouvait que contribuer à l'hystérie moldue.

Cet ouvrage n'a pas pour objectif de traiter des jours sombres qui poussèrent les sorciers à prendre la décision de vivre cachés[4]. Ce qui

4. À tous ceux qui seraient intéressés par une étude détaillée de cette période particulièrement sanglante de l'histoire de la sorcellerie, nous recommandons vivement la lecture de l'ouvrage que Bathilda Tourdesac a consacré à l'*Histoire de la magie* (collection « Les Petits Livres rouges », 1947).

nous occupe ici, c'est le sort de ces bêtes fabuleuses qui, tout comme nous, devaient être dissimulées si l'on voulait que les Moldus soient convaincus que la magie n'existe pas.

La Confédération internationale des sorciers débattit de ce sujet lors de la célèbre rencontre au sommet de 1692. Pas moins de sept semaines de discussions parfois acerbes entre des sorciers de toutes nationalités furent consacrées à l'épineuse question des créatures magiques. Combien d'espèces pourrions-nous cacher à la vue des Moldus et lesquelles ? Où et quand devrions-nous les dissimuler ? Le débat fit rage, certaines créatures se montrant oublieuses du fait que c'était leur destin qui était en jeu, d'autres contribuant aux échanges de vues[5].

Finalement, un accord fut conclu[6]. Vingt-sept espèces, qui allaient par ordre de taille des dragons aux Bundimuns, devraient désormais être cachées aux yeux des Moldus pour créer l'illusion qu'elles n'avaient jamais existé que dans leur imagination. Ce nombre fut augmenté dans les siècles qui suivirent, à

5. On arriva à convaincre les centaures, les êtres de l'eau et les gobelins d'envoyer des délégations pour participer à ce sommet.
6. Sauf par les gobelins.

mesure que les méthodes de dissimulation des sorciers se perfectionnaient. En 1750 fut introduit dans le Code international du secret magique l'article 73 auquel se conforment aujourd'hui tous les ministères de la Magie du monde :

> Chaque administration ayant autorité sur les sorciers de son pays devra exercer sa responsabilité en matière de dissimulation, de soins et de contrôle de tous les animaux, êtres et esprits magiques résidant sur son territoire. Dans le cas où l'une de ces créatures porterait atteinte à un Moldu ou attirerait son attention, l'administration du pays où aurait eu lieu l'incident serait exposée à des sanctions disciplinaires décidées par la Confédération internationale des sorciers.

LES ANIMAUX MAGIQUES DANS LEURS CACHETTES

Il serait vain de nier que l'article 73 a parfois été violé depuis son entrée en application. Les lecteurs britanniques les plus âgés se souviendront de l'incident d'Ilfracombe qui eut lieu en 1932 et au cours duquel un Vert gallois facétieux fondit sur une plage bondée de Moldus en train de se dorer au soleil. Fort heureusement, il n'y eut pas de conséquences fâcheuses grâce à l'intervention courageuse d'une famille de sorciers en vacances (décorée par la suite de l'Ordre de Merlin, première classe) qui fit subir aux habitants d'Ilfracombe la plus impressionnante série de sortilèges d'Amnésie jamais opérée en ce siècle, évitant ainsi d'extrême justesse une catastrophe de grande ampleur[7].

La Confédération internationale des sorciers a dû infliger des amendes à diverses nations pour infractions répétées à l'article 73. Le Tibet et l'Écosse sont deux des pays les plus souvent mis en cause. Les témoignages de Moldus affirmant avoir vu le yéti ont été si nombreux que la confédération a estimé nécessaire d'envoyer sur place à titre perma-

7. Dans son livre publié en 1972, *Témoins moldus*, Blenheim Stalk affirme que certains habitants d'Ilfracombe ont réussi à échapper au sortilège d'Amnésie collective. « Dans les bars de la côte Sud, un homme surnommé "le Roi de l'esquive" raconte encore aujourd'hui à qui veut l'entendre qu'un "lézard volant énorme et répugnant" lui a un jour crevé son matelas pneumatique. »

nent une équipe internationale chargée de remédier à la situation. Pendant ce temps, dans le Loch Ness, le plus grand Kelpy du monde continue d'échapper à toutes les tentatives de capture et semble avoir développé un goût prononcé pour la célébrité.

En dépit de ces regrettables incidents, nous, sorciers, pouvons nous féliciter d'avoir accompli un excellent travail. Il ne fait aucun doute que l'écrasante majorité des Moldus d'aujourd'hui refusent de croire en l'existence des animaux magiques que craignaient tant leurs ancêtres. Même ceux d'entre eux qui remarquent à l'occasion des crottes de Porlock ou une traînée de Streeler (Musard) – il serait puéril d'imaginer qu'on puisse dissimuler toute trace de ces créatures –, se satisfont de maigres explications qui ne doivent rien à la magie[8]. Si un Moldu avait l'idée saugrenue de confier à l'un de ses congénères qu'il a aperçu un hippogriffe en train de voler vers le nord, il serait aussitôt soupçonné d'être ivre ou « cinglé ». C'est sans doute injuste pour le

8. Pour ceux qui souhaiteraient se plonger dans une fascinante étude de cette bienheureuse disposition des Moldus, signalons l'ouvrage intitulé *La Philosophie du matérialiste : pourquoi les Moldus préfèrent ne rien savoir*, par le professeur Mordicus Leufcock (éditions Du Moisi, 1963).

Moldu en question, mais néanmoins préférable à la crémation sur un bûcher ou à la noyade dans la mare aux canards du village.

Comment la communauté des sorciers s'y prend-elle pour cacher les animaux fantastiques ?

Heureusement, certaines espèces n'ont guère besoin de l'assistance des sorciers pour éviter de se faire remarquer par les Moldus. Des créatures telles que le Tébo, la Demiguise et le Bowtruckle (Botruc) possèdent des moyens propres de camouflage d'une très grande efficacité et le ministère de la Magie n'a jamais eu à intervenir en leur faveur. Il existe également des animaux qui, en raison de leur intelligence ou de leur timidité naturelle, évitent tout contact avec les Moldus – par exemple, la licorne, le Mooncalf (Veaudelune) ou le centaure. D'autres créatures magiques habitent des régions inaccessibles aux Moldus – on pense notamment à l'Acromantule, tapie dans les profondeurs inexplorées de la jungle de Bornéo, et au phénix, nichant sur des sommets montagneux impossibles à atteindre sans l'aide de la magie. Enfin, et c'est le cas le plus fréquent, certains animaux sont trop petits, trop rapides ou trop habiles à prendre l'apparence d'espèces communes, pour attirer l'attention des Moldus – les Chizpurfles, les Billywigs et les Crups (Croups) entrent dans cette catégorie.

Il existe néanmoins un grand nombre d'animaux fantastiques qui, soit délibérément, soit par inadvertance, restent parfaitement visibles par les Moldus, et ce sont ces animaux-là qui créent une charge de travail considérable pour les responsables du Département de contrôle et de régulation des créatures magiques. Ce département, le deuxième par ordre de grandeur au sein du ministère de la Magie[9], doit prendre toutes les mesures nécessaires à assurer les soins indispensables aux nombreuses espèces placées sous sa responsabilité.

Protection de l'habitat

La mesure la plus importante pour veiller à la dissimulation des créatures magiques a sans doute été la création d'habitats protégés. Les sortilèges Repousse-Moldu empêchent

9. Le plus grand département du ministère de la Magie est celui de la justice magique auquel les six autres départements sont plus ou moins soumis, d'une manière ou d'une autre, à l'exception peut-être du Département des mystères.

toute incursion dans les forêts où vivent des centaures et des licornes et sur les lacs ou rivières réservés aux êtres de l'eau. Dans des cas extrêmes, tel celui du Quintaped, des régions entières ont été rendues incartables[10].

Certaines de ces zones de sécurité sont sous la surveillance constante de sorciers, les réserves de dragons, par exemple. Alors que les licornes et les êtres de l'eau ne sont que trop heureux de rester dans des territoires à leur seul usage, les dragons cherchent au contraire toutes les occasions de franchir les limites de leurs réserves pour chasser de nouvelles proies. Dans certains cas, les sortilèges Repousse-Moldu se révèlent inefficaces car les pouvoirs de l'animal lui-même en neutralisent les effets. Il en est ainsi du Kelpy, dont le seul but dans la vie est d'attirer des humains vers lui, ou du Pogrebin, qui recherche la compagnie des hommes.

Contrôle de la vente et de l'élevage

Le danger qu'un Moldu fasse une mauvaise rencontre avec un animal magique

10. Une zone incartable devient impossible à représenter sur une carte géographique.

dangereux ou de grande taille a été considérablement réduit grâce aux sanctions sévères qui répriment l'élevage et la vente de leurs œufs ou de leurs petits. Le Département de contrôle et de régulation des créatures magiques exerce une surveillance très stricte sur le commerce des animaux fantastiques. L'interdiction de l'élevage expérimental appliquée à partir de 1965 a rendu illégale la création de toute espèce nouvelle.

mais personne n'a prévenu Hagrid

Sortilèges de Désillusion

Le sorcier de la rue joue également un rôle important dans la dissimulation des animaux magiques. Les possesseurs d'hippogriffes, par exemple, sont contraints par la loi de faire subir à leur créature un sortilège de Désillusion afin de fausser la vision de tout Moldu qui pourrait l'apercevoir. Étant donné le caractère passager de leurs effets, les sortilèges de Désillusion doivent être renouvelés quotidiennement.

Sortilèges d'Amnésie

Lorsque le pire se produit et qu'un Moldu est amené à voir ce qui aurait dû lui rester caché, le sortilège d'Amnésie est sans doute le moyen le plus efficace de réparer les dégâts. Ce sortilège peut être jeté par le propriétaire de l'animal mais, dans les cas graves, une équipe d'Oubliators professionnels sera envoyée par le ministère de la Magie.

Le Bureau de désinformation

Le Bureau de désinformation n'intervient que dans les cas les plus graves de rencontre entre les Moldus et le monde de la magie. Certains accidents ou catastrophes magiques sont tout simplement beaucoup trop évidents pour être expliqués aux Moldus sans l'aide d'une autorité extérieure. En pareille occasion, le Bureau de désinformation travaille directement avec le Premier ministre moldu pour rechercher une explication plausible à l'événement. Les efforts incessants de cette instance pour convaincre les Moldus que toutes les preuves photographiques de l'existence du Kelpy du Loch Ness sont le fruit d'une falsification ont grandement contribué à sauver une situation qui devenait excessivement dangereuse.

L'IMPORTANCE DE LA MAGIZOOLOGIE

Les mesures que nous venons de décrire ne donnent qu'une idée succincte de tout le travail accompli par le Département de contrôle et de régulation des créatures magiques. Il reste maintenant à évoquer la question à laquelle nous avons tous, au fond de notre cœur, une réponse : pourquoi continuons-nous, à titre collectif et individuel, à nous donner tant de mal pour protéger et cacher tous ces animaux magiques, même les plus sauvages et les plus indomptables ? La réponse, bien sûr, la voici : pour que les générations futures de sorcières et de sorciers puissent à leur tour s'émerveiller de leur étrange beauté et de leurs pouvoirs comme nous-mêmes en avons eu le privilège.

Cet ouvrage se veut une simple introduction à la richesse de la faune fantastique qui habite notre monde. Soixante-quinze espèces sont décrites dans les pages qui suivent, mais je ne doute pas qu'on en découvrira très vite une nouvelle qui nécessitera une cinquante-troisième édition de *Vie et habitat des animaux fantastiques*. En attendant, qu'il me soit permis d'exprimer ma joie à l'idée que des générations de jeunes sorcières et sorciers ont pu être amenées, grâce à ce livre, à mieux connaître et mieux comprendre ces animaux fantastiques que j'aime tant.

Classification du ministère de la Magie

Le Département de contrôle et de régulation des créatures magiques attribue une classification à tous les animaux, êtres et esprits répertoriés jusqu'à ce jour. On peut ainsi connaître immédiatement à quel niveau se situe telle ou telle créature, de la plus dangereuse jusqu'à la plus inoffensive. Il existe en tout cinq catégories dont voici le détail :

Classification du ministère de la Magie (MdlM)

ou tout ce qui plaît à Hagrid

XXXXX Connu pour être un tueur de sorcier / Impossible à dresser ou à domestiquer

XXXX	Dangereux / Exige une connaissance spécialisée / Maîtrise possible par un sorcier expérimenté
XXX	Ne pose pas de problème à un sorcier compétent
XX	Inoffensif / Peut être domestiqué
X	Animal ennuyeux

Dans certains cas, il m'a semblé utile d'éclaircir par une note en bas de page la classification d'une créature particulière.

Dictionnaire des animaux fantastiques

ACROMANTULA (ACROMANTULE)

Classification MdlM : XXXXX XXXXXXXXX

L'Acromantule est une monstrueuse araignée dotée de huit yeux et de la faculté de parler comme les humains. Elle est originaire de Bornéo où elle vit en pleine jungle. Elle se distingue par les épais poils noirs qui lui couvrent le corps, un écartement des pattes qui peut atteindre quatre mètres cinquante, des pinces qui produisent un cliquetis caractéristique lorsque la créature est excitée ou en colère et le venin qu'elle sécrète. L'Acromantule est carnivore et manifeste un goût prononcé pour les proies de grande taille.

Elle tisse sur le sol des toiles en forme de dôme. Plus grande que le mâle, la femelle peut pondre jusqu'à cent œufs à la fois. Blancs et mous, ils ont la taille d'un ballon de plage et éclosent au bout de six à huit semaines. Les œufs d'Acromantule ont été classés dans la catégorie A des marchandises interdites de commerce par le Département de contrôle et de régulation des créatures magiques, ce qui signifie que des sanctions sévères punissent leur vente ou leur importation.

On pense que cet animal a été créé par un sorcier, peut-être pour garder sa demeure ou un trésor, comme c'est souvent le cas des monstres magiques de cette nature[1]. En dépit de son intelligence quasi humaine, l'Acromantule est impossible à dresser et représente un danger considérable pour les sorciers comme pour les Moldus.

Les rumeurs selon lesquelles une colonie d'Acromantules aurait été établie en Écosse n'ont jamais été ~~confirmées~~.

sont confirmées par Harry Potter et Ron Weasley

1. Les animaux capables de parler comme les humains sont rarement des autodidactes, à l'exception du Chartier (Jarvey). Il a fallu attendre ce siècle pour que l'interdiction de l'élevage expérimental entre en application, bien longtemps après qu'un témoignage de 1794 eut fait état pour la première fois de l'existence de l'Acromantule.

ASHWINDER (SERPENCENDRE)

Classification MdlM : XXX

L'Ashwinder apparaît lorsqu'on laisse un feu magique[2] brûler trop longtemps sans surveillance. C'est un serpent mince, gris clair, avec des yeux rouges flamboyants, qui s'élève des braises et se glisse dans les coins sombres de la maison où il se trouve, laissant derrière lui une traînée de cendres.

L'Ashwinder ne vit qu'une heure pendant laquelle il cherche un endroit obscur et isolé où il peut pondre ses œufs, après quoi il tombe en poussière. Les œufs d'Ashwinder sont rouge vif et dégagent une chaleur intense. Il ne leur faut que quelques minutes pour mettre le feu à la maison si on ne les gèle pas à temps avec un sortilège approprié. Lorsqu'un sorcier s'aperçoit qu'un ou plusieurs Ashwinders se promènent en liberté dans sa demeure, il doit immédiatement suivre leurs traces et repérer les œufs. Une fois gelés, ces œufs sont très utiles à la fabrication des philtres d'Amour et constituent un excellent remède contre la fièvre.

Les Ashwinders sont présents dans le monde entier.

2. C'est-à-dire tout feu auquel on a ajouté une substance magique telle que la poudre de Cheminette.

AUGUREY (également connu sous le nom de phénix irlandais, ou *Irish phoenix*) *Classification MdlM : XX*

Bien qu'on puisse parfois le trouver dans certains pays d'Europe du Nord, l'Augurey est natif de Grande-Bretagne et d'Irlande. D'une couleur vert très foncé, presque noir, l'Augurey est un oiseau maigre, d'apparence lugubre, semblable à un petit vautour sous-alimenté. Cette créature d'une très grande timidité niche dans les buissons épineux, se nourrit de gros insectes et de fées, ne vole que sous la pluie battante et passe le reste du temps cachée dans un nid en forme de larme.

Le cri de l'Augurey, constitué de notes basses lancées avec une sorte de lent vibrato, fut jadis considéré comme un présage de mort. Les sorciers évitaient les nids d'Augurey par peur d'entendre cette lamentation à fendre le cœur et l'on pense que plus d'un mage a été victime d'une crise cardiaque en passant devant des fourrés d'où s'élevait soudain la plainte d'un Augurey caché parmi les ronces[3].

3. Ulric le Follingue était connu pour dormir dans une pièce qui contenait pas moins de cinquante Augureys domestiqués. Au cours d'un hiver particulièrement humide, Ulric, en entendant les lamentations de ses Augureys, fut convaincu qu'il venait de mourir et qu'il n'était plus qu'un fantôme. Les tentatives qu'il fit alors pour traverser les murs eurent pour conséquence ce que son biographe, Radolphus Pittiman, décrit comme « une commotion qui dura dix jours ».

De patientes recherches finirent par révéler que l'Augurey chante simplement à l'approche de la pluie[4]. Depuis ce temps, l'Augurey est devenu un animal très à la mode chez les amateurs de prévisions météorologiques bien que beaucoup trouvent ses continuels gémissements pendant les mois d'hiver assez difficiles à supporter. Les plumes d'Augurey ne sont d'aucune utilité pour écrire car elles repoussent l'encre.

BASILIC (également désigné sous le nom de roi des serpents)
Classification MdlM : XXXXX

Le premier basilic répertorié a été élevé par Herpo l'Infâme, un sorcier grec adepte de la magie noire, qui parlait le Fourchelang. Après avoir mené de nombreuses expériences, il découvrit qu'un œuf de poule couvé par un crapaud donnait naissance à un serpent gigantesque doté de pouvoirs extraordinairement dangereux.

Le basilic est un serpent d'un vert brillant qui peut atteindre une longueur de quinze mètres. Le mâle porte une plume écarlate

4. Voir *Pourquoi je ne suis pas mort le jour où l'Augurey a pleuré*, par Gulliver Pokeby (collection « Les Petits Livres rouges »), 1824.

sur la tête. Ses crochets injectent un venin particulièrement redoutable mais son arme la plus terrifiante reste le regard de ses immenses yeux jaunes qui ont le pouvoir de tuer instantanément quiconque a le malheur de les fixer.

Lorsque ses ressources alimentaires sont suffisantes (le basilic se nourrit de mammifères et d'oiseaux, quels qu'ils soient, ainsi que de la plupart des espèces de reptiles), le serpent peut atteindre un âge très élevé. On pense que le basilic de Herpo l'Infâme a vécu près de neuf cents ans.

La création de basilics est illégale depuis le Moyen Âge bien que cette pratique puisse être aisément dissimulée : il suffit d'ôter l'œuf de sous le crapaud qui le couve lorsque des représentants du Département de contrôle et de régulation des créatures magiques procèdent à une vérification à domicile. Toutefois, les basilics n'étant contrôlables que par des sorciers capables de parler le Fourchelang, ils restent dangereux pour la plupart des mages noirs comme pour quiconque d'autre et il y a maintenant quatre cents ans au moins qu'on n'en a plus vu en Grande-Bretagne.

c'est ce que tu crois

Billywig

Classification MdlM : XXX

Le Billywig est un insecte natif d'Australie. Long d'un peu plus de un centimètre, il a une couleur bleu saphir étincelante, bien que la vitesse à laquelle il vole le rende la plupart du temps invisible aux Moldus et même souvent aux sorciers qui ne s'aperçoivent de sa présence que lorsqu'ils ont été piqués. Les ailes du Billywig sont attachées au sommet de sa tête et ont une vitesse de rotation telle que la créature tourne sur elle-même en volant. L'extrémité inférieure de son corps se termine par un long dard très fin. La victime d'une piqûre de Billywig souffre de tournis suivi d'un état de lévitation. Des générations de jeunes sorcières et sorciers australiens ont essayé d'attraper des Billywigs pour se faire piquer et éprouver le plaisir de ces sensations ; trop souvent, cependant, la personne piquée flotte dans les airs pendant plusieurs jours de suite sans pouvoir redescendre et, en cas de réaction allergique grave, cet état de lévitation peut devenir permanent. Les dards séchés de

Billiwig sont utilisés dans diverses potions et font partie, croit-on, des ingrédients qui entrent dans la composition des Fizwizbiz.

dans ce cas c'est la dernière fois que j'en mange

BOWTRUCKLE (BOTRUC)

Classification MdlM : XX

Le Bowtruckle est une créature gardienne des arbres, présente principalement dans l'ouest de l'Angleterre, le sud de l'Allemagne et certaines forêts scandinaves. Elle est extrêmement difficile à repérer en raison de sa petite taille (vingt centimètres de hauteur au maximum) et de son apparence semblable à un mélange d'écorce et de brindilles, avec deux petits yeux marrons.

Le Bowtruckle, qui se nourrit d'insectes, est un animal paisible et terriblement timide mais, si l'arbre dans lequel il vit est menacé, il arrive qu'il bondisse sur le bûcheron ou le forestier qui tente de s'en prendre à son logement et lui crève les yeux à l'aide de ses longs doigts pointus. Une offrande de cloportes calmera le Bowtruckle suffisamment longtemps pour qu'un sorcier ait le temps de couper dans son arbre de quoi fabriquer une baguette magique.

BUNDIMUN (BANDIMON)

Classification MdlM : XXX

Les Bundimuns se rencontrent dans le monde entier. Habiles à ramper sous les lames de parquet et derrière les plinthes, ils infestent les maisons. La présence d'un Bundimun se manifeste généralement par une effroyable odeur de moisissure. Le Bundimun laisse échapper une sécrétion qui pourrit les fondations mêmes de la demeure où il se trouve.

Le Bundimun au repos ressemble à un amas de moisissures verdâtres doté d'une paire d'yeux ; lorsqu'il a peur, cependant, il s'enfuit à toute vitesse sur ses nombreuses petites pattes grêles. Cette créature se nourrit exclusivement de saleté. Les sortilèges de Récurage suffisent à débarrasser une demeure de ses Bundimuns, mais si leur nombre est devenu trop important, le Département de contrôle et de régulation des créatures magiques (Service des nuisibles) devra être consulté avant que la maison ne s'effondre. Des sécrétions diluées de Bundimun entrent dans la composition de certains détergents magiques.

CENTAURE

Classification MdlM : XXXX[5]

Le centaure a une tête, un torse et des bras humains attachés à un corps de cheval qui peut avoir des couleurs diverses. Intelligent et doué de parole, on ne saurait le qualifier d'animal au sens propre du terme, mais à sa demande il a été classé dans cette catégorie par le ministère de la Magie (voir l'introduction de ce livre).

Les centaures vivent dans les forêts. On pense généralement qu'ils sont originaires de Grèce, bien qu'il existe aujourd'hui des communautés de centaures dans de nombreuses régions d'Europe. Dans tous les pays où ils sont présents, les autorités magiques leur ont réservé des territoires auxquels les Moldus ne peuvent avoir accès ; les centaures, cependant, n'ont guère besoin de la protection des sorciers, ayant eux-mêmes leurs propres moyens de passer inaperçus aux yeux des humains.

Les mœurs des centaures sont entourées de mystère. D'une manière générale, ils se

5. Le centaure est classé XXXX non pas en raison d'une quelconque agressivité mais parce qu'il doit être traité avec un très grand respect. Les licornes et les êtres de l'eau se trouvent dans le même cas.

méfient tout autant des sorciers que des Moldus et ne semblent pas établir de grandes différences entre ces deux catégories. Ils vivent en troupeau qui comprennent de dix à cinquante individus et ont la réputation d'être particulièrement compétents en matière de guérison magique, de divination, de tir à l'arc et d'astronomie.

CHEVAL AILÉ

Classification MdlM : XX-XXXX

Les chevaux ailés sont présents dans le monde entier. Il en existe différentes races, notamment l'Abraxan (un palomino géant d'une force prodigieuse), l'Ethonan (robe brune, très apprécié en Grande-Bretagne et en Irlande), le Gronian (gris et particulièrement rapide) et le très rare Thestral (ou Sombral, robe noire, doué du pouvoir de se rendre invisible et considéré par de nombreux sorciers comme porteur de malchance). De même que pour l'hippogriffe, le propriétaire d'un cheval ailé est tenu de lui faire subir à intervalles réguliers un sortilège de Désillusion (voir l'introduction).

CHIMÈRE

Classification MdlM : XXXXX

La chimère est un monstre grec très rare doté d'une tête de lion, d'un corps de chèvre et d'une queue de dragon. Cruelle et assoiffée de sang, la chimère est extrêmement dangereuse. On ne connaît qu'un seul exemple de chimère vaincue par un sorcier mais le malheureux, épuisé par ses efforts, se tua peu après en tombant de son cheval ailé (voir plus loin). Les œufs de chimère sont classés dans la catégorie A des marchandises interdites de commerce.

et donc Hagrid va essayer de s'en procurer dès que possible

CHIZPURFLE (CISEBURINE)

Classification MdlM : XX

Les Chizpurfles sont de petits parasites d'une taille d'un peu plus de un millimètre, au corps en forme de crabe avec de grandes dents pointues. Attirés par les créatures magiques, ils infestent parfois la fourrure et les plumes des Crups ou des Augureys. Ils s'introduisent également dans des maisons de sorciers et s'attaquent à des objets tels que les baguettes magiques, grignotant peu à peu le bois jusqu'à son cœur magique ; ils s'installent également dans les chaudrons sales où ils se délectent de restes de potion[6]. Bien que les Chizpurfles soient faciles à détruire à l'aide de diverses potions disponibles sur le marché, leur présence en trop grand nombre peut nécessiter une intervention du Service des nuisibles du Département de contrôle et de régulation des créatures magiques ; les Chizpurfles gorgés de substances magiques se révèlent en effet très difficiles à combattre.

CLABBERT

Classification MdlM : XX

Le Clabbert est une créature qui habite dans les arbres et dont l'apparence évoque un croisement entre un singe et une grenouille. Originaire des États du sud de l'Amérique, il s'est répandu depuis dans le monde entier. Sa peau d'un vert tacheté est lisse et dépourvue de fourrure, ses pieds et ses mains sont palmés et ses membres longs et souples lui permettent de se balancer de branche en branche avec

6. En l'absence d'environnement magique, les Chizpurfles rongent des objets électriques (pour ceux qui voudraient comprendre ce qu'est exactement l'électricité, je conseille la lecture de *Vie domestique et habitudes sociales des Moldus britanniques*, par Wilhelm Wigworthy, collection « Les Petits Livres rouges », 1987). L'action des Chizpurfles explique les pannes mystérieuses qui affectent nombre d'appareils électriques moldus relativement récents.

l'agilité d'un orang-outan. Sa tête est dotée de cornes courtes et sa large gueule, qui semble toujours sourire, est plantée de dents coupantes comme des rasoirs. Le Clabbert se nourrit principalement de lézards et d'oiseaux.

Le trait le plus caractéristique du Clabbert consiste en une grande pustule au milieu du front, qui devient écarlate et se met à clignoter dès qu'un danger menace. Les sorciers américains avaient jadis des Clabberts dans leurs jardins pour les avertir de l'approche d'un Moldu, mais la Confédération internationale des sorciers a décidé de mettre fin à cette pratique en infligeant de fortes amendes aux contrevenants. Le spectacle d'un arbre plein de Clabberts aux pustules étincelantes qui clignotaient dans la nuit pouvait avoir un intérêt décoratif, mais attirait de trop nombreux Moldus curieux de savoir pourquoi leurs voisins installaient leurs décorations de Noël au mois de juin.

CRABE DE FEU

Classification MdlM : XXX

En dépit de son nom, le Crabe de Feu ressemble à une grande tortue pourvue d'une carapace incrustée de pierres précieuses. Aux îles Fidji, d'où il est originaire, une longue zone côtière a été transformée en réserve pour assurer sa protection non seulement contre les Moldus, dont sa précieuse carapace pourrait exciter la convoitise, mais également contre des sorciers peu scrupuleux qui transforment ces mêmes carapaces en chaudrons de luxe très estimés. Le Crabe de Feu possède cependant ses propres moyens de défense : lorsqu'on l'attaque, il projette contre son agresseur des flammes jaillies de la partie postérieure de son corps. Les Crabes de Feu sont exportés comme animaux de compagnie mais leur possession est soumise à autorisation spéciale.

CRUP (CROUP)

Classification MdlM : XXX

Le Crup est originaire du sud-est de l'Angleterre. Il ressemble à un gros terrier, à l'exception de sa queue fourchue. Le Crup est sans nul doute une race de chien créée par un procédé magique : il manifeste en effet une très grande fidélité aux sorciers alors qu'il se montre féroce envers les Moldus. C'est un charognard glouton qui mange n'importe quoi, depuis les gnomes jusqu'aux vieux pneus. Les permis autorisant la possession d'un Crup peuvent être obtenus au Département de contrôle et de régulation des créatures magiques. Il suffit pour cela de passer un examen prouvant que le demandeur est capable de contrôler la créature dans une zone habitée par des Moldus. Les propriétaires de Crups sont contraints par la loi de procéder à l'ablation de la queue de l'animal grâce à un sortilège de Découpe indolore pratiqué à l'âge de six ou huit semaines afin de ne pas attirer l'attention des Moldus.

DEMIGUISE

Classification MdlM : XXXX

Originaire d'Extrême-Orient, la Demiguise est très difficile à repérer en raison de son aptitude à se rendre invisible lorsqu'elle est menacée. Seuls les sorciers spécialement entraînés à sa capture sont en mesure de la voir. La Demiguise est un herbivore paisible qui ressemble à un singe gracieux avec de grands yeux noirs mélancoliques le plus souvent cachés derrière ses cheveux. Son corps est couvert d'une longue fourrure argentée et soyeuse. La fourrure de la Demiguise est particulièrement appréciée car les poils, une fois tissés, permettent de fabriquer des capes d'invisibilité.

DIABLOTIN

Classification MdlM : XX

Le diablotin vit exclusivement en Grande-Bretagne et en Irlande. Il est parfois confondu avec le lutin en raison de leurs tailles semblables (entre quinze et vingt centimètres) mais, à l'inverse du lutin, le diablotin n'a pas la faculté de voler et ne possède pas ses vives couleurs (il est généralement brun foncé ou noir). En revanche, il partage avec le lutin le même sens de la farce rudimentaire. Ses lieux de prédilection sont les terrains humides et marécageux et on le trouve souvent au bord des rivières où il s'amuse à pousser ou à faire trébucher le promeneur sans méfiance. Les diablotins mangent de petits insectes et se reproduisent de la même manière que les fées (voir plus loin), mais sans tisser de cocons. À l'éclosion des œufs, les jeunes sont déjà formés et mesurent environ deux centimètres et demi.

Diricawl (Dirico)

Classification MdlM : XX

Le Diricawl est originaire de l'île Maurice. C'est un oiseau incapable de voler, au corps replet, aux plumes bouffantes, qui se distingue par sa façon remarquable d'échapper au danger. Il a en effet la faculté de disparaître dans un tourbillon de plumes et de réapparaître ailleurs (le phénix partage avec lui cette particularité ; voir plus loin).

Il est intéressant de signaler que les Moldus eurent connaissance, à une certaine époque, de l'existence du Diricawl qu'ils désignaient alors sous le nom de « dodo ». Ignorant le fait que le Diricawl peut disparaître à volonté, les Moldus sont convaincus d'avoir provoqué son extinction à force de le chasser. Ce malentendu les ayant amenés à prendre conscience du danger qu'il y avait à tuer indistinctement d'autres créatures, la Confédération internationale des sorciers n'a jamais estimé utile de les informer que le Diricawl continuait bel et bien d'exister.

DOXY

(parfois appelé « fée mordeuse », en anglais « biting fairy »)
Classification MdlM : XXX

Les Doxys sont fréquemment confondus avec les fées (voir plus loin) bien qu'il s'agisse de deux espèces très différentes. Tout comme la fée, le Doxy a l'apparence d'un être humain minuscule bien que, dans son cas, il soit couvert d'une épaisse fourrure noire et pourvu de deux bras et deux jambes supplémentaires. Les ailes du Doxy sont épaisses, courbes et brillantes, comme celles d'un scarabée. Amateurs de climats froids, les Doxys habitent le nord de l'Europe et de l'Amérique. Ils peuvent pondre jusqu'à cinq cents œufs à la fois qu'ils enterrent et dont l'éclosion aura lieu deux ou trois semaines plus tard.

Les Doxys sont pourvus de deux rangées de dents pointues et venimeuses. En cas de morsure, un antidote doit être immédiatement administré.

Dragon

Classification MdlM : XXXXX

Sans doute les plus célèbres de tous les animaux magiques, les dragons sont parmi les plus difficiles à cacher. La femelle est généralement plus grande et plus agressive que le mâle, mais l'un ou l'autre ne doivent être approchés que par les sorciers les plus compétents et les mieux entraînés. La peau, le sang, le cœur, le foie et les cornes du dragon ont des propriétés magiques très puissantes, mais ses œufs sont classés dans la catégorie A des marchandises interdites de commerce.

Il existe dix espèces distinctes de dragon, bien qu'on ait parfois observé quelques croisements ayant donné des hybrides très rares. Ces dix espèces sont les suivantes :

Antipodean Opaleye (Opalœil des antipodes)

L'Antipodean Opaleye est natif de Nouvelle-Zélande bien qu'il émigre parfois en Australie lorsque son territoire devient trop exigu dans son pays d'origine. À la différence des autres dragons, il habite les vallées plutôt que les montagnes. D'une taille moyenne, il pèse entre deux et trois tonnes. Sans doute le plus beau dragon qu'on puisse voir, il est couvert d'écailles iridescentes et nacrées et ses yeux sans pupilles, étincelant de reflets multicolores, lui donnent un regard opalin qui lui a valu son nom. L'Opaleye souffle une flamme d'un rouge très vif mais, comparé aux autres dragons, il ne se montre guère agressif et ne tue en général que pour se nourrir. Son aliment préféré est le mouton, bien qu'il lui arrive de s'en prendre à des proies de plus grande taille. À la fin des années 1970, la découverte en Australie d'un grand nombre de carcasses de kangourou a laissé penser qu'un Opaleye mâle, chassé par une femelle dominante, avait dû fuir sa terre natale et s'en prendre à ce nouveau gibier. Les œufs d'Opaleye sont d'un gris pâle et peuvent être confondus avec des fossiles par des Moldus inattentifs.

Boutefeu chinois

(Parfois appelé Dragonlion)

L'unique dragon d'Extrême-Orient est particulièrement frappant. Écarlate, les écailles lisses, il a un museau écrasé entouré de pointes d'or et des yeux très protubérants. Le

Boutefeu doit son nom à la flamme en forme de champignon qui jaillit de ses narines lorsqu'il est en colère. Il pèse entre deux et quatre tonnes, la femelle étant plus grande que le mâle. Ses œufs, d'une vive couleur cramoisie parsemée d'or, sont très recherchés par les sorciers chinois pour les propriétés magiques de leurs coquilles. Le Boutefeu est agressif mais plus tolérant à l'égard de sa propre espèce que la plupart des autres dragons, allant même jusqu'à partager son territoire avec deux autres congénères. Le Boutefeu se régale de mammifères en général, mais il a une préférence pour les cochons et les humains.

Magyar à pointes je ne vous le fais pas dire

Considéré comme le plus dangereux de tous les dragons, le Magyar à pointes a des écailles noires et ressemble à un gros lézard. Il a des yeux jaunes, des cornes couleur bronze et des épines de la même teinte qui hérissent sa longue queue. Le Magyar dispose d'un souffle puissant qui lui permet de projeter des flammes à une distance plus longue que n'importe quel autre dragon (jusqu'à quinze mètres). Ses œufs ont l'apparence du ciment et leur coquille est particulièrement robuste ; au moment de l'éclosion, les jeunes la brisent à grands coups de leur queue dont les épines sont déjà bien développées dès la naissance. Le Magyar à pointes se nourrit de chèvres, de moutons et, chaque fois qu'il en a l'occasion, d'humains.

Noir des Hébrides

Avec le Vert gallois commun, il est l'un des deux dragons natifs de Grande-Bretagne. Plus agressif que son compatriote gallois, il doit disposer d'un territoire de deux cent cinquante kilomètres carrés par individu pour vivre dans de bonnes conditions. D'une longueur qui peut atteindre neuf mètres, le Noir des Hébrides a des écailles rugueuses, des yeux violets étincelants et une rangée de pointes courtes mais coupantes comme des rasoirs le long de l'échine. Sa queue se termine par une sorte de flèche et il est doté d'ailes de forme semblable à celles d'une chauve-souris. Le Noir des Hébrides se nourrit principalement de cervidés bien qu'on l'ait déjà vu capturer de gros chiens et même des pièces de bétail. Le clan des MacFusty, qui habite les Hébrides depuis plusieurs siècles, a par tradition la charge de veiller sur les dragons natifs de l'archipel.

~~*Norvégien à crête*~~ Bébé Norbert

D'une manière générale, le Norvégien à crête ressemble au Magyar à pointes, bien qu'au lieu de pointes il arbore de grosses plaques d'un noir de jais tout au long de l'échine. D'une agressivité exceptionnelle envers ses congénères, le Norvégien à crête est aujourd'hui l'une des espèces de dragons les plus rares. Il s'attaque à toute sorte de gros mammifères et, contrairement aux autres dragons, se nourrit également de créatures aquatiques. D'après un témoignage difficile à vérifier, un Norvégien à crête aurait capturé un baleineau au large de la Norvège en 1802. Les œufs de ce dragon sont noirs et ses petits développent plus tôt que les autres espèces la capacité de souffler le feu (à un âge compris entre un et trois mois).

Peruvian Vipertooth
(Dent-de-vipère du Pérou)

C'est le plus petit de tous les dragons connus et le plus rapide en vol. Long d'environ cinq mètres, le Peruvian Vipertooth a des écailles lisses et cuivrées avec des marques noires le long de l'échine. Les cornes sont courtes et les crochets particulièrement venimeux. Le Vipertooth se nourrit de chèvres et de vaches, mais il est si friand de chair humaine que la Confédération internationale des sorciers a dû envoyer au XIXe siècle des équipes de chasseurs chargés d'en réduire le nombre qui augmentait à un rythme alarmant.

Romanian Longhorn
(Cornelongue roumain)

Le Longhorn a des écailles vert foncé et de longues cornes d'or avec lesquelles il embroche ses proies avant de les rôtir. Réduites en poudre, ces cornes sont précieuses dans la fabrication de certaines potions. Le territoire d'où est originaire le Longhorn est devenu la plus grande réserve mondiale de dragons et les sorciers de toutes nationalités s'y rendent en nombre pour y étudier ces créatures de plus près. Le Longhorn a fait l'objet d'un programme intensif d'élevage à la suite d'un effondrement de ses effectifs, largement dû au commerce de ses cornes qui entrent désormais dans la catégorie B des produits dont le commerce est soumis à conditions.

Suédois à museau court

Le Suédois à museau court est un beau dragon couleur bleu argenté dont la peau est très recherchée pour la fabrication de boucliers et de gants de protection. Les flammes qui jaillissent de ses narines sont d'un bleu éclatant et peuvent, en quelques secondes, réduire à l'état de cendres le bois ou les os les plus solides. Le Suédois à museau court tue moins souvent d'humains que la plupart des autres dragons, ce en quoi il n'a guère de mérite car les régions montagneuses dans lesquelles il vit sont trop sauvages pour être habitées.

Ukrainian Ironbelly (Pansedefer ukrainien)

Le plus grand des dragons, l'Ironbelly, peut atteindre un poids de six tonnes. Le corps arrondi, plus lent en vol que le Vipertooth ou le Longhorn, l'Ironbelly est néanmoins extrêmement dangereux et peut écraser sous son poids une maison sur laquelle il atterrit. Ses écailles sont d'un gris métallique, ses yeux d'un rouge foncé et ses griffes particulièrement longues et meurtrières. Les Ironbellys font l'objet d'une surveillance constante par les autorités magiques ukrainiennes depuis qu'en 1799 l'un d'entre eux a emporté dans ses serres un voilier (heureusement vide) amarré dans la mer Noire.

Vert gallois commun

La couleur du Vert gallois se marie très bien aux herbes luxuriantes de son pays natal, bien qu'il niche dans les hautes montagnes où une réserve a été établie pour sa protection. En dépit de l'incident d'Ilfracombe (voir l'introduction), il est l'un des dragons les plus paisibles ; préférant, tout comme l'Opaleye, se nourrir de moutons, il fait de son mieux pour éviter les humains, à moins qu'il n'ait été provoqué. Le rugissement du Vert gallois est étonnamment mélodieux et facilement reconnaissable. Les flammes qu'il souffle forment deux jets minces et ses œufs bruns, couleur de terre, sont parsemés de taches vertes.

DUGBOG (FANGIEUX)

Classification MdlM : XXX

Le Dugbog habite les marais d'Europe et d'Amérique du Nord et du Sud. Lorsqu'il est immobile, il ressemble à un morceau de bois mort mais, en l'examinant de plus près, on distingue des pattes munies de nageoires et des dents très pointues. Le Dugbog glisse et serpente à travers les marécages, se nourrissant principalement de petits mammifères, et peut infliger des blessures graves aux chevilles des promeneurs. La nourriture préférée du Dugbog reste cependant la mandragore. Les sorciers qui cultivent des mandragores ont parfois la très désagréable surprise, en prenant une de leurs précieuses plantes par les feuilles pour la sortir de son pot, de découvrir qu'un Dugbog a transformé sa partie inférieure en une charpie sanglante.

ERKLING

Classification MdlM : XXXX

L'Erkling est une créature semblable à un elfe, originaire de la Forêt-Noire, en Allemagne. Plus grand qu'un gnome (quatre-vingt-dix centimètres en moyenne), le visage pointu, l'Erkling pousse un caquètement aigu particulièrement attirant pour les enfants qu'il essaye d'éloigner de leurs parents pour les manger. Au cours des derniers siècles, les contrôles stricts opérés par le ministère de la Magie allemand ont permis de diminuer de manière spectaculaire les meurtres commis par ces créatures. La dernière attaque connue a visé un sorcier de six ans du nom de Bruno Schmidt et s'est terminée par la mort de l'Erkling après que le jeune Schmidt lui eut asséné un grand coup sur la tête à l'aide du chaudron pliant de son père.

Erumpent (Éruptif)

Classification MdlM : XXXX

L'Erumpent est un grand animal africain de couleur grise, doté d'un pouvoir considérable. D'un poids qui atteint parfois une tonne, il peut être confondu, de loin, avec un rhinocéros. Il a une peau épaisse qui lui permet de repousser la plupart des sortilèges et maléfices, une corne pointue sur le museau et une longue queue semblable à une corde. Les Erumpents ne donnent naissance qu'à un seul petit à la fois.

Cette créature n'attaque jamais, à moins qu'on ne l'ait provoquée avec insistance mais, lorsqu'elle charge, les résultats sont généralement catastrophiques. La corne de l'Erumpent peut en effet transpercer n'importe quoi, de la peau jusqu'au métal, et elle contient une sécrétion mortelle qui provoque l'explosion de la créature ou de l'objet dans lesquels elle est injectée.

Les Erumpents ne sont guère nombreux car les mâles se font souvent exploser les uns les autres à la saison des amours. Les sorciers africains prennent grand soin d'eux. La corne, la queue et le liquide explosif de l'Erumpent sont utilisés dans la fabrication de potions mais classés dans la catégorie B des produits commercialisables (dangereux et soumis à contrôle strict).

ÊTRES DE L'EAU

(également connus sous le nom de « sirènes », « selkies » ou « merrows »)

Classification MdlM : *XXXX*[7]

Les êtres de l'eau existent dans le monde entier mais leur apparence peut varier presque autant que celle des humains. Leurs us et coutumes demeurent aussi mystérieux que ceux des centaures, bien que les sorciers qui ont réussi à maîtriser leur langue les décrivent comme un ensemble de communautés hautement organisées, de tailles variables selon l'habitat, et dont certaines construisent des

7. Voir la note sur la classification du centaure.

demeures très élaborées. Comme les centaures, les êtres de l'eau, tout en conservant leur nom, ont refusé le statut d'êtres, préférant celui d'animaux (voir l'introduction).

Les êtres de l'eau les plus anciens sont connus sous le nom de sirènes (Grèce) et c'est généralement dans les eaux plus chaudes qu'on trouve ces magnifiques créatures si souvent décrites dans la littérature ou la peinture moldues. Les selkies d'Écosse et les merrows d'Irlande sont ~~moins bea~~ux mais ils partagent le goût de la musique commun à tous les êtres de l'eau.

laids

FARFADET

Classification MdlM : XXX

Plus intelligent que la fée et moins malveillant que le diablotin, le lutin ou le Doxy, le farfadet est néanmoins espiègle. Présent exclusivement en Irlande, il peut atteindre une taille de quinze centimètres et sa peau est entièrement verte. On sait qu'il est capable de fabriquer des vêtements rudimentaires à l'aide de feuilles. Parmi les membres du « petit peuple », les farfadets sont les seuls à être doués de parole bien qu'ils n'aient jamais demandé à entrer dans la catégorie des êtres. Le farfadet est vivipare et habite principalement les bois et forêts, mais il aime attirer l'attention des Moldus et figure presque aussi souvent que les fées dans la littérature destinée aux enfants. Les farfadets ont la faculté de produire une substance semblable à de l'or mais qui, à leur grand amusement, disparaît quelques heures plus tard. Leur régime alimentaire se compose de feuilles et, à notre connaissance, ils n'ont jamais causé de préjudices durables à des humains, en dépit de leur réputation de farceurs.

mais pas au mien. R.W.

FÉE

Classification MdlM : XX

La fée est une petite créature décorative d'une intelligence médiocre[8]. Souvent utilisée par les sorciers comme élément orne-

8. Les Moldus ont un grand faible pour les fées, qui figurent dans de nombreux contes écrits pour leurs enfants. Ces « contes de fées » décrivent des êtres ailés qui ont une personnalité bien marquée et la faculté de converser avec les humains (bien que leurs discours soient souvent empreints d'un sentimentalisme difficilement supportable). Si l'on en croit les Moldus, les fées habiteraient de minuscules demeures fabriquées à l'aide de pétales de rose, de champignons évidés et autres éléments semblables. On les dépeint souvent avec une baguette magique à la main. La fée est sans doute l'animal fantastique qui a la meilleure réputation parmi les Moldus.

mental, elle habite généralement les bois et les clairières. D'une taille variant de deux à douze centimètres, la fée a une tête, des membres et un petit corps humanoïdes, mais arbore de grandes ailes semblables à celles des insectes, transparentes ou multicolores selon les cas.

La fée possède quelques faibles pouvoirs magiques dont elle peut se servir pour échapper à ses prédateurs, tel l'Augurey. Elle est d'une nature querelleuse mais, en raison de sa vanité excessive, elle devient très docile chaque fois qu'on lui demande de servir d'ornement. En dépit de son apparence humaine, la fée est incapable de parler et communique avec ses semblables en émettant des bourdonnements aigus.

La fée pond jusqu'à cinquante œufs à la fois sur la face inférieure des feuilles d'arbre. Les œufs éclosent en libérant des larves aux couleurs éclatantes. À l'âge de six à dix jours, elles s'enroulent d'elles-mêmes dans un cocon d'où elles émergent un mois plus tard sous la forme d'adultes pourvus d'ailes.

FWOOPER (FOCIFÈRE)

Classification MdlM : XXX

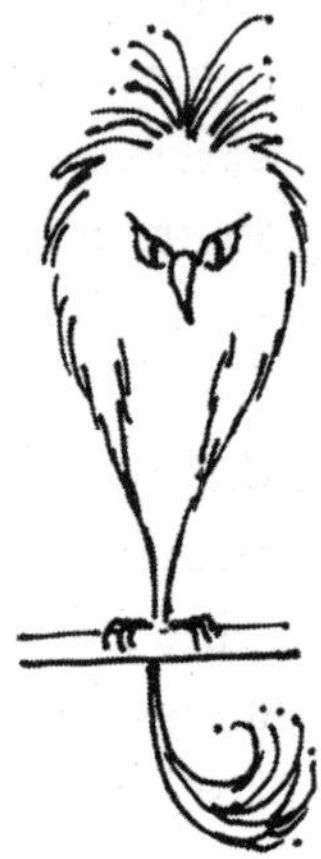

Le Fwooper est un oiseau africain au plumage éclatant ; il peut être orange, rose, vert ou jaune. Le Fwooper a longtemps fourni des plumes fantaisie très appréciées pour écrire et ses œufs sont ornés de motifs éblouissants. Son chant, bien qu'il paraisse très agréable au début, finit par rendre fou celui qui l'écoute trop longtemps[9] et c'est pourquoi, avant de les vendre, on fait subir aux Fwoopers un sortilège de Mutisme qui doit être renouvelé chaque mois. Les propriétaires de Fwoopers sont tenus de posséder un permis car la créature exige des soins compétents.

9. Ulric le Follingue essaya un jour d'administrer la preuve que le chant du Focifère était en fait bénéfique à la santé et il l'écouta trois mois de suite sans interruption. Malheureusement, les membres du Conseil des sorciers à qui il rapporta ses conclusions ne se montrèrent guère convaincus car, à son arrivée dans la salle de réunion, il ne portait en tout et pour tout qu'une perruque qui, après examen, se révéla être un blaireau mort.

Glumbumble (Grinchebourdon)

Classification MdlM : XXX

Le Glumbumble (Europe du Nord) est un insecte volant de couleur grise, au corps velu, produisant une sorte de mélasse dont l'absorption provoque un état de mélancolie. Cette sécrétion est utilisée comme antidote dans les cas d'hystérie consécutive à l'ingestion de feuilles d'Alihotsy. Le Glumbumble infeste parfois les ruches, entraînant des effets désastreux sur le miel des abeilles. La créature vit dans les endroits sombres et solitaires, tels les troncs creux ou les cavernes, et se nourrit d'orties.

Gnome

Classification MdlM : XX

Le gnome est un animal nuisible qu'on trouve dans les jardins d'Europe du Nord et d'Amérique du Nord. Il peut atteindre une hauteur de trente centimètres avec une tête d'une grosseur disproportionnée et des pieds durs et osseux. Pour se

débarrasser d'un gnome, il suffit de l'attraper et de le faire tournoyer jusqu'à ce qu'il ait le vertige, puis de le lancer par-dessus la clôture du jardin. On peut aussi utiliser un Jarvey bien que, de nos jours, de nombreux sorciers trouvent cette méthode trop brutale.

Goule

Classification MdlM : XX

La goule, bien que très laide, n'est pas une créature particulièrement dangereuse. Elle ressemble à une sorte d'ogre crasseux aux dents proéminentes et habite généralement les greniers et les granges de sorciers où elle se nourrit d'araignées et de papillons de nuit. Elle pousse des gémissements et lance parfois des objets un peu partout mais, étant très simple d'esprit, elle se contentera au pire d'émettre quelques grognements inquiétants si quelqu'un croise son chemin. Il existe au Département de contrôle et de régulation des créatures magiques une brigade spéciale chargée de débarrasser de leurs goules les maisons rachetées par des Moldus mais, dans les familles de sorciers, la goule devient un simple sujet de conversation et parfois même un animal de compagnie.

Graphorn (Grapcorne)

Classification MdlM : XXXX

Le Graphorn habite les régions montagneuses d'Europe. Grand, d'une couleur violette tirant sur le gris, doté d'une bosse sur le dos, le Graphorn possède deux très longues cornes pointues, marche sur de grands pieds à quatre doigts et manifeste une extrême agressivité. On voit parfois des trolls de montagne chevaucher des Graphorns mais ces derniers ne semblent guère s'accommoder de ces tentatives de dressage et on remarque plus souvent des trolls couverts de cicatrices infligées par des Graphorns. Réduite en poudre, la corne de Graphorn entre dans la composition de nombreuses potions, bien qu'elle soit d'un prix très élevé en raison de la difficulté que présente la capture de l'animal. La peau du Graphorn est encore plus résistante que celle du dragon et a le pouvoir de repousser la plupart des sortilèges.

Griffon

Classification MdlM : XXXX

Originaire de Grèce, le griffon a la tête et les pattes antérieures d'un aigle géant mais le corps et les pattes arrière d'un lion. Comme les sphinx (voir plus loin), les griffons sont souvent utilisés par les sorciers pour garder des trésors. Bien que le griffon soit un animal féroce, quelques sorciers particulièrement habiles ont réussi à en apprivoiser. Les griffons se nourrissent de viande crue.

HIPPOCAMPE

Classification MdlM : XXX

Originaire de Grèce, l'hippocampe a la tête et le torse d'un cheval et la queue d'un poisson géant. Bien que l'espèce habite généralement la Méditerranée, un superbe spécimen de couleur bleue a été capturé en 1949, au large des côtes écossaises, par des êtres de l'eau et dressé par eux. L'hippocampe pond de grands œufs à demi transparents à travers lesquels on peut voir le Poulaintêtard.

HIPPOGRIFFE

Classification MdlM : XXX

L'hippogriffe est natif d'Europe mais s'est répandu dans le monde entier. Il a la tête d'un aigle géant et le corps d'un cheval. Il est possible de le dresser mais seuls des experts peuvent s'y risquer. Lorsqu'on s'approche d'un hippogriffe, il est indispensable de le regarder dans les yeux. Il convient alors de s'incliner pour montrer ses bonnes intentions. Si l'hippogriffe rend le salut, on peut se permettre de l'approcher de plus près.

L'hippogriffe creuse la terre pour y trouver les insectes dont il se nourrit, mais son régime alimentaire comprend également des oiseaux et de petits mammifères. Les hippogriffes construisent à même le sol des nids dans lesquels ils pondent un seul œuf grand et fragile qui éclôt vingt-quatre heures plus tard. Dans un délai d'une semaine, le jeune hippogriffe est prêt à voler, mais il lui faudra attendre encore plusieurs mois avant de pouvoir accompagner ses parents sur de longs trajets.

HORKLUMP (HORGLUP)

Classification MdlM : X

Originaire de Scandinavie, le Horklump s'est répandu dans tout le nord de l'Europe. Il ressemble à un champignon rose et charnu parsemé de quelques poils durs et noirs. Doué d'une faculté de reproduction prodigieuse, le Horklump peut recouvrir un jardin de taille moyenne en quelques jours. En guise de racines, il déploie des tentacules musculeux qui fouillent le sol à la recherche de vers de terre. Le Horklump est le mets préféré des gnomes mais c'est son seul usage connu.

JARVEY (CHARTIER)

Classification MdlM : XXX

Le Jarvey est présent en Grande-Bretagne, Irlande et Amérique du Nord. Il ressemble presque en tous points à un furet de grande taille avec cette différence qu'il est doué de parole. Toute véritable conversation est cependant hors de portée de l'intelligence du Jarvey qui se limite à quelques phrases brèves (et souvent grossières) qu'il débite en un flot presque ininterrompu. Les Jarveys vivent la plupart du temps sous terre où ils chassent le gnome bien qu'ils se nourrissent également de taupes, de rats et de campagnols.

JOBBERKNOLL (JOBARBILLE)

Classification MdlM : XX

Le Jobberknoll (Europe et Amérique du Nord) est un minuscule oiseau bleu et tacheté qui se nourrit de petits insectes. Il n'émet aucun son jusqu'au moment de sa mort, où il laisse échapper un long cri constitué de tous les sons qu'il a entendus au cours de sa vie et qu'il reproduit en sens inverse. Les plumes de Jobberknoll sont utilisées dans la fabrication des sérums de vérité et des potions de Mémoire.

KAPPA

Rogue non plus n'a pas lu ce livre

Classification MdlM : XXXX

Le Kappa est un démon des eaux japonais qui vit dans les mares et les rivières peu profondes. Il est souvent décrit comme une sorte de singe couvert d'écailles de poisson au lieu de fourrure, la tête creusée d'un trou dans lequel l'animal transporte de l'eau.

Le Kappa se nourrit de sang humain mais il n'attaquera pas si on lui jette un concombre sur lequel est gravé le nom de la personne qu'il a en face de lui. Il est conseillé au sorcier qui se trouve confronté à un Kappa d'essayer d'amener la créature à se pencher en avant – ainsi, le trou qu'il a dans la tête se videra de son eau, privant l'animal de sa force.

KELPY

Classification MdlM : XXXX

Ce démon des eaux qu'on trouve en Grande-Bretagne et en Irlande peut prendre différentes formes bien qu'il apparaisse le plus souvent sous l'aspect d'un cheval à la crinière constituée de joncs. Lorsqu'il parvient à amener un imprudent à monter sur son dos, il plonge droit au fond de sa rivière ou de son lac et dévore l'infortuné cavalier dont les entrailles remontent à la surface. Le moyen le plus efficace de maîtriser un Kelpy consiste à lui mettre une bride sur la tête en jetant un sortilège de Mise en Place qui le rendra docile et inoffensif.

KNARL (NOUEUX)

Classification MdlM : XXX

Le Knarl (présent en Europe du Nord et en Amérique) est souvent confondu avec le hérisson par les Moldus. En fait, les deux espèces sont impossibles à distinguer l'une de l'autre si ce n'est par leur comportement : si on laisse à un hérisson de la nourriture dans un jardin, il acceptera ce cadeau et se hâtera d'en profiter ; en revanche, si on offre de la nourriture à un Knarl, celui-ci en conclura que le propriétaire de la maison essaie de l'attirer dans un piège et il se mettra à ravager systématiquement la végétation et la décoration du jardin. Nombre d'enfants moldus ont été accusés de vandalisme alors que le véritable coupable était un Knarl offensé.

KNEAZLE (FLÉREUR)

Classification MdlM : XXX

À l'origine, le Kneazle a été élevé en Grande-Bretagne bien qu'il soit à présent exporté dans le monde entier. Ressemblant à un petit chat, la fourrure tachetée, mouchetée ou ocellée, les oreilles gigantesques, la queue semblable à celle d'un lion, le Kneazle est intelligent, indépendant et agressif à l'occasion, sauf lorsqu'il s'attache à une sorcière ou à un sorcier dont il devient alors un animal de compagnie très apprécié. Le Kneazle possède l'étrange faculté de détecter les personnages louches ou peu recommandables et son maître peut compter sur lui pour retrouver le chemin de la maison s'ils viennent à s'égarer. Les Kneazles donnent naissance à des portées de huit petits et peuvent se croiser avec les chats. Un permis est exigé pour sa possession (comme pour les Crups et les Fwoopers), car son apparence quelque peu insolite peut attirer l'attention des Moldus.

LETHIFOLD (MOREMPLIS)

(également connu sous le nom de « Suaire vivant », en anglais « Living Shroud »)

Classification MdlM : XXXXX

Le Lethifold est fort heureusement une créature très rare que l'on trouve seulement dans les climats tropicaux. Elle ressemble à une cape noire d'un peu plus d'un centimètre d'épaisseur (elle est plus épaisse si elle a récemment tué et digéré une victime) qui glisse sur le sol la nuit. Le témoignage le plus récent concernant un Lethifold a été rédigé par le sorcier Flavius Belby, qui eut la chance de survivre à une attaque de la créature en 1782, au cours de vacances en Papouasie-Nouvelle-Guinée.

> Vers une heure du matin, alors que je commençais enfin à somnoler, j'entendis un bruissement proche. Pensant qu'il s'agissait sans doute des feuilles d'un arbre

agitées par la brise, je me retournai dans mon lit, le dos vers la fenêtre, et vis alors ce qui me sembla une ombre noire et informe qui se glissait sous la porte de ma chambre. Je restai immobile, essayant dans mon demi-sommeil de deviner ce qui pouvait provoquer cette ombre dans une pièce que seule la lueur de la lune éclairait. Il ne fait aucun doute que mon immobilité dut amener le Lethifold à penser que sa victime désignée était endormie.

À ma grande horreur, je vis alors cette ombre monter sur mon lit et je sentis sur moi son faible poids. Elle ressemblait à une cape dont les plis ondulaient, ses bords voletant légèrement tandis qu'elle rampait vers moi. Paralysé par la terreur, je sentis son contact moite sur mon menton avant de me redresser d'un bond.

La chose essaya de m'étouffer, glissant inexorablement sur mon visage, sur ma bouche et mon nez, et je sentais sa froideur m'envelopper le corps. Incapable d'appeler à l'aide, je m'efforçai d'attraper à tâtons ma baguette magique. Pris de tournis alors que la chose m'étouffait, incapable de reprendre mon souffle, je me concentrai de toute ma volonté sur le sortilège de Stupéfixion puis – comme la créature n'en était nullement affectée bien que le sort que j'avais réussi à jeter eût percé un trou dans la porte de ma chambre – sur le maléfice d'Entrave qui ne m'aida pas davantage. Me débattant toujours de toutes mes forces, je roulai sur le côté et tombai lourdement sur le sol, entièrement entortillé à présent dans le Lethifold.

Je savais que mon incapacité à respirer allait bientôt me faire perdre conscience. Désespérément, je rassemblai ce qu'il me restait de forces. Pointant alors ma baguette magique au bout de mon bras sur les plis mortels de la créature, rappelant à ma mémoire le souvenir du jour où l'on m'avait élu président du club local de Bavboules, je créai un Patronus.

Presque aussitôt, je sentis un air frais me caresser le visage. Je levai les yeux et vis l'ombre mortelle projetée sur les cornes de mon Patronus. Elle vola à travers la pièce et ondula prestement hors de ma vue.

Ainsi que le révèle Belby d'une manière si spectaculaire, le Patronus est le seul sortilège connu qui puisse repousser un Lethifold. La créature attaquant généralement des personnes endormies, il est rare cependant que ses victimes aient l'occasion d'user de magie pour s'en défendre. Une fois sa proie étouffée, le Lethifold digère son repas sur place, dans le lit même qu'il a envahi. Puis il quitte la maison, légèrement plus épais et plus gros qu'à son arrivée, en ne laissant aucune trace, ni de lui-même ni de sa proie[10].

LICORNE

Classification MdlM : *XXXX*[11]

La licorne est un animal magnifique qu'on trouve dans les forêts d'Europe du Nord. Il

10. Le nombre de victimes des Lethifolds est presque impossible à établir car ils ne laissent derrière eux aucun indice de leur présence. On peut en revanche estimer plus facilement le nombre de sorciers qui, pour des motifs peu avouables, ont voulu faire croire qu'ils avaient été tués par un Lethifold. L'exemple le plus récent d'une telle duplicité remonte à 1973, date à laquelle le sorcier Janus Thickey a disparu en ne laissant sur sa table de chevet qu'un mot hâtivement griffonné sur lequel on pouvait lire : « Un Lethifold m'étouffe. » Convaincus, en voyant le lit vide et sans taches, que Janus avait bel et bien été dévoré par la créature, sa femme et ses enfants portèrent un deuil prolongé qui fut grossièrement interrompu lorsqu'on découvrit que Janus s'était en fait installé à huit kilomètres de là, sous le toit de la patronne du pub Le Dragon vert.

11. Voir la note sur la classification des centaures.

s'agit d'un cheval d'une blancheur immaculée, portant une corne à l'âge adulte ; les poulains, cependant, ont tout d'abord un pelage doré qui devient argenté et ne prend sa couleur blanche que lorsqu'ils ont atteint leur pleine maturité. La corne, le sang et les crins de licorne possèdent des propriétés magiques puissantes[12]. L'animal évite généralement le contact avec les humains mais se laissera plus facilement approcher par une sorcière que par un sorcier. Le galop de la licorne est si rapide et si léger qu'il est très difficile de la capturer.

LOBALUG (VERLIEU)

Classification MdlM : XXX

Le Lobalug vit au fond de la mer du Nord. C'est une créature rudimentaire, de vingt-cinq centimètres de longueur, dotée d'une sorte de bec caoutchouteux et d'un sac à venin. Lorsqu'il se sent menacé, le Lobalug contracte son sac à venin, projetant le poison sur son adversaire. Les êtres de l'eau utilisent le Lobalug comme arme et les sorciers se servent parfois de son venin dans la prépara-

12. Tout comme la fée, la licorne a une excellente réputation auprès des Moldus – justifiée, cette fois.

tion de certaines potions, bien que cette pratique soit soumise à un contrôle très strict.

LOUP-GAROU

ils ne sont pas tous mauvais

Classification MdlM : *XXXXX*[13]

Le loup-garou se trouve dans le monde entier bien qu'on le pense originaire d'Europe du Nord. Les humains ne deviennent loups-garous que lorsqu'ils ont été mordus par l'un d'eux. On ne connaît pas de traitement à cette maladie bien que les récents progrès accomplis dans la fabrication de certaines potions aient réussi dans une large mesure à en soulager les symptômes les plus terribles. Une fois par mois, au moment de la pleine lune, le sorcier ou le Moldu atteint par la maladie – et réputé sain et normal le reste du temps – se transforme en une bête meurtrière. Cas presque unique parmi les créatures magiques, le loup-garou recherche activement les humains de préférence à toute autre proie.

13. Cette classification fait bien sûr référence au loup-garou métamorphosé. Lorsque la lune n'est pas pleine, le loup-garou est aussi inoffensif que n'importe quel autre humain. Le récit déchirant du combat d'un sorcier contre la lycanthropie a été publié sous le titre *Museau velu, cœur humain* par un auteur anonyme (éditions Dumalley fils, 1975).

LUTIN

mais XXXXXXXXX pour Lockhart

Classification MdlM : XXX

Le lutin se trouve principalement dans le comté de Cornouailles, en Angleterre. D'une couleur bleu électrique, d'une taille qui peut atteindre vingt centimètres et d'un caractère particulièrement malicieux, le lutin prend le plus grand plaisir à se livrer à des farces de toutes sortes. Bien qu'il soit dépourvu d'ailes, il a la faculté de voler et s'amuse parfois à saisir par les oreilles des humains sans méfiance qu'il dépose au sommet des grands arbres ou des immeubles. Les lutins émettent des jacassements aigus que seuls leurs congénères peuvent comprendre. Ils sont vivipares.

MACKLED MALACLAW (MALAGRIF TACHETÉ)

Classification MdlM : XXX

Le Malaclaw est une créature terrestre qu'on trouve principalement sur les côtes rocheuses d'Europe. En dépit de sa ressemblance superficielle avec un homard, on ne doit en aucun cas le manger car sa chair, impropre à la consommation humaine, entraîne une forte fièvre et un urticaire verdâtre du plus mauvais effet.

D'une taille qui peut atteindre trente centimètres, le Malaclaw est d'une couleur gris clair tachetée de points vert foncé. Il se nourrit de petits crustacés et essaye volontiers de s'attaquer à des proies plus grandes. La morsure du Malaclaw entraîne un effet secondaire surprenant chez celui qui en est victime en le rendant malchanceux pendant une période qui peut durer jusqu'à une semaine. Lorsqu'on est mordu par un Malaclaw, il est conseillé de renoncer à tout pari, tout jeu de hasard, toute entreprise à l'issue incertaine, qui seraient inévitablement condamnés à l'échec.

MANTICORE

Classification MdlM : XXXXX

La Manticore est un animal extrêmement dangereux, originaire de Grèce, avec une tête humaine, un corps de lion et une queue de scorpion. Aussi rare et redoutable que la chimère, la Manticore a la réputation de chantonner doucement en dévorant ses proies. La peau de la Manticore a le pouvoir de repousser presque tous les sortilèges connus et sa piqûre provoque une mort instantanée.

Moke

Classification MdlM : XXX

Le Moke est un lézard vert argenté qui peut atteindre une longueur de vingt-cinq centimètres et qu'on trouve en Grande-Bretagne et en Irlande. Il a la faculté de rétrécir à volonté et n'a donc jamais été remarqué par les Moldus.

La peau recouverte d'écailles du Moke est très recherchée parmi les sorciers qui en font des bourses et des sacs à main ; elle a en effet le pouvoir de se contracter à l'approche d'un inconnu, tout comme le faisait l'animal de son vivant. Les voleurs ont ainsi beaucoup de mal à repérer les bourses en peau de Moke.

Mooncalf (Veaudelune)

Classification MdlM : XX

Le Mooncalf est une créature d'une très grande timidité qui n'émerge de son terrier qu'à la pleine lune. Son corps lisse est gris clair, il a de gros yeux protubérants au sommet de la tête et quatre pattes grêles avec d'énormes pieds plats. Debout sur leurs pattes de derrière, les Mooncalfs se livrent au clair de lune à des danses compliquées dans des lieux isolés. On pense qu'il s'agit là d'un prélude à l'accouplement. Ces danses laissent parfois dans les champs de blé des motifs géométriques complexes qui plongent les Moldus dans une grande perplexité.

Voir danser la créature au clair de lune est un spectacle fascinant et souvent profitable car, lorsqu'on recueille ses crottes argentées avant le lever du soleil et qu'on les répand sur des herbes magiques et des massifs de fleurs, ces plantes pousseront à une vitesse extraordinaire en devenant exceptionnellement robustes. Les Mooncalfs sont présents dans le monde entier.

MURTLAP (MURLAP)

Classification MdlM : XXX

Le Murtlap est une créature semblable à un rat qu'on trouve dans les régions côtières de Grande-Bretagne. Il porte sur le dos une excroissance qui ressemble à une anémone de mer. Consommées après avoir été conservées dans de la saumure, ces excroissances permettent de résister aux sorts et maléfices, bien qu'une ingestion excessive puisse provoquer l'apparition dans les oreilles de poils violets peu seyants. Les Murtlaps se nourrissent de crustacés et du pied de quiconque est assez idiot pour leur marcher dessus.

NIFFLEUR

Classification MdlM : XXX

Le Niffleur est un animal qu'on trouve en Grande-Bretagne. La fourrure noire et bouffante, le museau allongé, cette créature fouisseuse a une prédilection pour tout ce qui brille. Les Niffleurs sont souvent utilisés par les gobelins pour creuser la terre à la recherche de trésors. Bien qu'il soit doux et même affectueux par nature, il peut se révéler destructeur pour l'environnement immédiat et ne devrait jamais être gardé à l'intérieur d'une maison. Les Niffleurs vivent dans des terriers creusés à cinq ou six mètres de profondeur et ont des portées de six à huit petits.

NOGTAIL (LICHEUR)

Classification MdlM : XXX

Les Nogtails sont des démons qu'on trouve dans les zones rurales d'Europe, de Russie et d'Amérique. Ils ressemblent à de petits cochons chétifs avec de longues pattes, une queue courte et épaisse et de petits yeux noirs.

Le Nogtail se glisse dans les porcheries pour y téter les truies qui allaitent leurs petits. Si on n'y prend garde, il peut rester longtemps et grandir de plus en plus, représentant alors un véritable fléau pour la ferme dans laquelle il a réussi à s'introduire.

Le Nogtail est exceptionnellement rapide et très difficile à capturer mais, s'il est poursuivi et chassé au-delà des limites de la ferme par un chien au pelage d'un blanc immaculé, il n'y reviendra jamais. Le Département de contrôle et de régulation des créatures magiques (Service des nuisibles) dispose d'une douzaine de chiens de chasse albinos affectés à cette tâche.

NUNDU

Classification MdlM : XXXXX

Cet animal d'Afrique orientale peut être considéré comme le plus dangereux du monde. Il s'agit d'un léopard géant parfaitement silencieux en dépit de sa taille et dont le souffle provoque des maladies dévastatrices qui peuvent ravager des villages entiers. Il faut les efforts conjugués d'une bonne centaine de sorciers pour arriver à le neutraliser.

OCCAMY

Classification MdlM : XXXX

L'Occamy vit en Extrême-Orient et en Inde. Marchant sur deux pattes, doté de plumes, d'ailes et d'un corps serpentin, l'Occamy peut atteindre une longueur de quatre mètres cinquante. Il se nourrit principalement de rats et d'oiseaux bien qu'on l'ait déjà vu capturer des singes. L'Occamy se montre agressif envers toute créature qui s'approche de lui, notamment lorsqu'il protège ses œufs dont les coquilles sont constituées de l'argent le plus délicat et le plus pur.

PHÉNIX

Classification MdlM : XXXX[14]

Le phénix est un magnifique oiseau rouge vif, de la taille d'un cygne, avec une longue queue dorée, un bec et des serres également dorés. Il niche sur les sommets montagneux et habite l'Égypte, l'Inde et la Chine. Le phénix vit jusqu'à un âge très avancé mais possède la faculté de régénération : en effet, lorsque son

14. Le phénix est classé XXXX non pas en raison d'une quelconque agressivité mais parce qu'il est extrêmement difficile à domestiquer.

corps commence à décliner, il s'enflamme soudain et renaît aussitôt de ses cendres sous forme de poussin. Le phénix est une créature paisible qui se nourrit exclusivement d'herbes et semble n'avoir jamais tué quiconque. Tout comme le Diricawl (voir plus haut), il peut disparaître et réapparaître à volonté. Le chant du phénix est magique : il a le pouvoir de renforcer le courage de ceux qui ont le cœur pur et de provoquer la terreur chez ceux qui ont le cœur mauvais. Les larmes de phénix possèdent de puissantes propriétés curatives.

PLIMPY (BOULLU)

Classification MdlM : XXX

Le Plimpy est un poisson sphérique et tacheté, doté de deux longues pattes et de pieds palmés. Il vit dans les lacs profonds dont il sillonne le fond en quête de nourriture, principalement des mollusques. Le Plimpy n'est pas particulièrement dangereux, bien qu'il aime mordiller les pieds et les maillots de bain des nageurs. En revanche, les êtres de l'eau le

considèrent comme un animal nuisible et s'en débarrassent en faisant un nœud avec ses pattes caoutchouteuses. Le Plimpy se met alors à dériver, incapable de se diriger, et doit attendre d'avoir réussi à dénouer ses pattes pour revenir où bon lui semble, ce qui peut prendre des heures.

POGREBIN (POVREBINE)

Classification MdlM : XXX

Le Pogrebin est un démon russe, de trente centimètres de hauteur, avec un corps velu et une grosse tête grise dépourvue de poils. Lorsqu'il est accroupi, le Pogrebin ressemble à un petit caillou rond et brillant. Les Pogrebins sont attirés par les hommes et aiment à les suivre, restant dans leur ombre et s'accroupissant aussitôt que l'ombre change de position. Si on laisse un Pogrebin suivre un homme plusieurs heures durant, un sentiment de futilité envahira cette personne qui finira par sombrer dans un état de léthargie et de désespoir. Lorsque la victime du Pogrebin interrompt sa marche et tombe à genoux en se lamentant sur l'inutilité de toutes choses, la créature lui saute dessus et tente de la dévorer. Il est cependant très facile de repousser le Pogrebin à l'aide de maléfices très simples ou d'un sortilège de Stupéfixion. Un bon coup de pied se révèle également très efficace.

Porlock

Classification MdlM : XX

Le Porlock est un gardien de chevaux qu'on trouve dans le comté du Dorset, en Angleterre, et en Irlande du Sud. Couvert d'une fourrure broussailleuse, il a une masse de crins impressionnante sur la tête et un très gros nez. Le Porlock marche sur deux pattes dotées de sabots. Ses bras sont courts et se terminent par quatre doigts boudinés. Les Porlocks adultes mesurent jusqu'à soixante centimètres et se nourrissent d'herbe.

Le Porlock est un animal timide dont la raison de vivre est de garder les chevaux. On le trouve parfois pelotonné dans la paille des écuries ou tapi au milieu de la troupe qu'il protège. Le Porlock se méfie de l'homme et ne manque jamais de se cacher dès qu'il en voit un approcher.

J'en ai eu un jour
Qu'est-ce qui lui est arrivé ?
Fred s'en est servi comme cognard pour s'entraîner

PUFFSKEIN (BOURSOUF)

Classification MdlM : XX

Le Puffskein se trouve dans le monde entier. De forme sphérique, couvert d'une fourrure crème, c'est une créature docile qui ne voit aucun inconvénient à se faire câliner ou même jeter un peu partout comme un ballon. Facile à soigner, il émet un bourdonnement grave lorsqu'il est content. De temps à autre, une langue rose, très fine et d'une exceptionnelle longueur, sort des profondeurs de son corps et serpente dans toute la maison, à la recherche de nourriture. Le Puffskein est un charognard qui peut manger n'importe quoi, restes de repas ou araignées, mais il aime particulièrement glisser sa langue dans les narines des lézards endormis pour se délecter de leur morve. Cette tendance en a fait pendant des générations un animal grandement apprécié des enfants sorciers et il reste encore aujourd'hui un compagnon très répandu dans les foyers magiques.

QUINTAPED (*également connu sous le nom de « McBoon velu », en anglais « Hairy McBoon »)*
Classification MdlM : XXXXX

Le Quintaped est une créature carnivore extrêmement dangereuse qui manifeste un goût prononcé pour la chair humaine. Son corps bas est couvert d'une épaisse toison de poils roux, tout comme ses cinq pattes qui se terminent chacune par un pied bot. Le Quintaped se trouve exclusivement sur l'île de Drear-la-Lugubre, située au large de la pointe nord de l'Écosse. C'est en raison de cette présence que l'île de Drear a été rendue incartable.

Selon la légende, Drear était jadis peuplée par deux familles de sorciers, les McClivert et les McBoon. Un duel d'ivrognes entre Dugald, chef du clan McClivert, et Quintius, chef du clan McBoon, se termina, dit-on, par la mort de Dugald. En représailles, si l'on en croit la tradition, une bande de McClivert cerna une nuit la maison des McBoon et métamorphosa chaque membre de la famille en

une monstrueuse créature à cinq pattes. Les McClivert se rendirent compte trop tard que les McBoon métamorphosés étaient infiniment plus dangereux sous cette forme (les McBoon étaient connus pour leur totale incompétence en matière de magie). De surcroît, les McBoon résistaient à toute tentative de leur faire retrouver forme humaine. Les monstres à cinq pattes tuèrent jusqu'au dernier des McClivert, si bien qu'il ne resta plus aucun humain sur l'île. Ce fut seulement à ce moment-là que les McBoon comprirent que, en l'absence de quiconque capable de brandir une baguette magique, ils seraient contraints de demeurer à tout jamais tels qu'ils étaient.

Nul ne saurait dire si cette histoire contient une part de vérité. En tout cas, il n'existe aucun McClivert ni aucun McBoon qui ait survécu suffisamment longtemps pour nous raconter ce qu'il est advenu de leurs ancêtres. Les Quintapeds ne sont pas doués de parole et ont toujours déjoué toutes les tentatives du Département de contrôle et de régulation des créatures magiques pour en capturer un spécimen et essayer de lui faire subir une métamorphose à l'envers ; nous devons donc en conclure que si vraiment, comme leur surnom le laisse entendre, il s'agit de McBoon velus, ils sont très heureux de vivre leur vie d'animaux.

RED CAP (CHAPOROUGE)

Classification MdlM : XXX

Ces créatures semblables à des nains vivent dans des trous sur d'anciens champs de bataille et dans divers endroits où le sang humain a été versé. Bien qu'il soit facile de le repousser par des sortilèges ou des maléfices, c'est un animal dangereux pour les Moldus solitaires qu'il essaye de tuer à grands coups de gourdin par les nuits sans lune. Les Red Cap se trouvent principalement en Europe du Nord.

RE'EM

Classification MdlM : XXXX

Le Re'em est une espèce extrêmement rare de bœuf géant à la peau d'or qui vit à la fois dans les contrées sauvages d'Amérique du Nord et d'Extrême-Orient. Le sang de Re'em a le pouvoir de donner une immense force à celui qui en boit, mais il est si difficile de s'en procurer qu'on n'en trouve pratiquement pas sur le marché officiel.

Rémora

Classification MdlM : XX

Le Rémora est un poisson argenté qu'on trouve dans l'océan Indien. Doté d'un grand pouvoir magique, il a la faculté de maintenir les bateaux à l'ancre et c'est un grand protecteur des marins. La Confédération internationale des sorciers attache une grande valeur au Rémora et a promulgué de nombreuses lois destinées à le protéger des sorciers braconneurs.

Runespoor

Classification MdlM : XXXX

Le Runespoor est originaire du Burkina Faso. Il s'agit d'un serpent à trois têtes dont la longueur atteint généralement un mètre quatre-vingts à deux mètres dix. D'une couleur orange tirant sur le violet, rayé de bandes noires, le Runespoor est très facile à repérer et le ministère de la Magie du Burkina Faso a décidé de rendre incartables certaines forêts du pays afin de les réserver exclusivement à cette créature.

Bien qu'il ne soit pas particulièrement méchant, le Runespoor a été à une certaine époque l'animal de compagnie préféré des mages noirs en raison de son apparence intimidante. C'est aux écrits des Fourchelangs qui ont conversé avec ces serpents que nous devons notre connaissance de leurs mœurs étranges. À travers ces témoignages, il apparaît que chacune des têtes du Runespoor possède une fonction particulière. La tête de gauche (lorsqu'on se trouve face à l'animal) est celle qui organise. C'est elle qui décide de l'endroit où le Runespoor va aller et de ce qu'il va y faire. La tête du milieu est celle du rêve (les Runespoors peuvent rester immobiles des jours entiers, perdus dans de magnifiques visions, fruits de leur imagination). Enfin, la tête de droite est celle de la critique, qui juge les efforts des deux autres têtes en émettant un sifflement continuel. La tête de droite possède des crochets terriblement venimeux. Le Runespoor atteint rarement un âge avancé car ses trois têtes ont tendance à se combattre les unes les autres. Il est courant de voir un Runespoor sans tête de droite, les deux autres s'étant alliées pour la sectionner à coups de dents.

Le Runespoor pond des œufs par la gueule, une particularité unique chez les animaux magiques. Ces œufs sont extrêmement utiles à la préparation de certaines potions qui stimulent l'agilité mentale. Pendant des siècles, le commerce des œufs de Runespoor et de la créature elle-même a donné lieu à un marché noir florissant.

SALAMANDRE

Classification MdlM : XXX

La salamandre est un lézard qui vit dans les flammes dont il se nourrit. D'un blanc éclatant, il paraît bleu ou rouge vif selon l'intensité du feu dans lequel il se trouve.

Les salamandres peuvent survivre six heures hors des flammes si on les nourrit régulièrement de poivre. Elles vivent aussi longtemps que dure le feu d'où elles ont jailli. Le sang de salamandre a de puissantes propriétés curatives et reconstituantes.

SERPENT DE MER

Classification MdlM : XXX

Les serpents de mer sont présents dans l'Atlantique, le Pacifique et la Méditerranée. Bien que leur apparence soit impressionnante, ils n'ont pas la réputation de tuer les humains en dépit des racontars hystériques de Moldus sur leur comportement supposé féroce. D'une longueur qui peut atteindre trente mètres, le serpent de mer a une tête de cheval et un long corps de reptile qu'on voit onduler à la surface de la mer comme une rangée de bosses.

SHRAKE (SHARAK)

Classification MdlM : XXX

Il s'agit d'un poisson entièrement couvert d'épines, qu'on trouve dans l'océan Atlantique. On pense que le premier banc de Shrakes a été créé pour se venger de pêcheurs moldus qui avaient insulté un équipage de marins sorciers au début des années 1800. À compter de ce jour, tous les Moldus pêchant dans ces parages ramènent des filets vides et déchirés par les Shrakes qui nagent au fond des eaux.

SPHINX

Classification MdlM : XXXX

Le sphinx égyptien a une tête humaine sur un corps de lion. Pendant plus de mille ans, les sorcières et les sorciers s'en sont servis pour garder des objets de valeur et des refuges secrets. D'une très haute intelligence, le sphinx se délecte d'énigmes et de devinettes. Il n'est dangereux que lorsque ce qu'il garde est menacé.

Strangulot

Classification MdlM : XX

Le Strangulot est un démon des eaux d'une couleur vert pâle, doté de cornes, qu'on trouve dans les lacs de Grande-Bretagne et d'Irlande. Il se nourrit de petits poissons et se montre également agressif envers les sorciers et les Moldus, bien que les êtres de l'eau aient réussi à le domestiquer. Le Strangulot a des doigts très longs, capables d'une puissante étreinte mais faciles à briser.

Streeler (Musard)

Classification MdlM : XXX

Le Streeler est un escargot géant qui change de couleur toutes les heures et laisse derrière lui une traînée si venimeuse qu'elle ratatine et brûle toute la végétation sur laquelle il passe. Le Streeler est natif de divers pays africains mais il a été élevé avec succès par des sorciers d'Europe, d'Asie et d'Amérique. Ceux qui apprécient ses couleurs de kaléidoscope en font un animal de compagnie et son venin est par ailleurs l'une des rares substances capables de venir à bout du Horklump.

TÉBO

Classification MdlM : XXXX

Le Tébo est un phacochère couleur de cendre qui vit au Congo et au Zaïre. Il s'agit d'un animal très dangereux qui a le pouvoir d'invisibilité, ce qui le rend difficile à fuir ou à capturer. La peau de Tébo est très appréciée par les sorciers qui l'utilisent pour fabriquer des boucliers et des vêtements.

TROLL

Classification MdlM : XXXX

Le troll est une créature effrayante qui peut atteindre une taille de trois mètres cinquante et peser plus d'une tonne. Célèbre à la fois pour sa force prodigieuse et sa stupidité, le troll est souvent violent et imprévisible. Originaires de Scandinavie, les trolls sont aujourd'hui présents en Grande-Bretagne, en Irlande et dans d'autres régions d'Europe.

Les trolls communiquent généralement par des grognements qui semblent constituer un langage rudimentaire, mais certains d'entre eux sont capables de comprendre et même de prononcer quelques mots simples. Les membres les plus intelligents de l'espèce sont parfois dressés et employés comme gardiens.

Il existe trois types de troll : troll de montagne, de forêt et de rivière. Le troll de montagne est le plus grand et le plus méchant. Il a une peau gris clair et une tête chauve. Le troll des forêts est vert clair et certains spécimens sont pourvus de cheveux bruns ou verts, fins et hirsutes. Le troll de rivière a de petites cornes, la peau violacée et peut être velu. Il se tapit souvent sous les ponts. Les trolls mangent de la chair crue et ne se montrent guère difficiles sur le choix de leurs proies qui vont des animaux sauvages à l'homme.

VERACRASSE

Classification MdlM : X

Le Veracrasse vit dans les fossés humides. C'est un ver épais, de couleur marron, qui bouge très peu et dont la longueur peut atteindre vingt-cinq centimètres. Ses extrémités sont impossibles à distinguer l'une de l'autre, toutes deux produisant une sécrétion peu ragoûtante qui lui a valu son nom et qu'on utilise parfois pour lier les potions. L'aliment préféré du Veracrasse est la laitue mais il mange presque tout ce qui est végétal.

VIVET DORÉ

Classification MdlM : XXXX[15]

Le vivet doré est un oiseau d'une espèce extrêmement rare et donc protégée. De forme sphérique, avec un très long bec fin et luisant, des yeux rouges semblables à des pierres précieuses, le vivet doré vole à une vitesse considérable et a la faculté de changer de direction avec une habileté et une rapidité déconcertantes, grâce aux articulations de ses ailes qui peuvent tourner dans tous les sens.

Les plumes et les yeux du vivet doré sont si recherchés qu'il a jadis été menacé d'extinction à force d'être chassé par les sorciers. Le danger a été perçu à temps et l'espèce a aussitôt bénéficié d'une protection, la mesure la

15. Le vivet doré est classé dans la catégorie XXXX non parce qu'il représente un danger, mais en raison des sanctions très lourdes qui punissent sa capture ou les blessures qui lui sont infligées.

plus notable ayant été le remplacement du vivet par le Vif d'or dans le jeu de Quidditch[16]. Des sanctuaires réservés aux vivets dorés existent dans le monde entier.

YÉTI

(également connu sous le nom d'« abominable homme des neiges » et de « Bigfoot » dans les pays de langue anglaise).
Classification MdlM : XXXX

Natif du Tibet, on pense que le yéti est apparenté au troll bien que personne ne s'en soit jamais approché d'assez près pour établir les constatations nécessaires à cette conclusion. D'une taille qui peut atteindre quatre mètres cinquante, il est couvert de la tête aux pieds d'une fourrure d'un blanc parfaitement immaculé. Le yéti dévore tout ce qu'il trouve sur son passage, mais il craint le feu et les sorciers les plus habiles parviennent à le repousser.

LES CANONS DE CHUDLEY

16. À ceux qui s'intéressent au rôle joué par le vivet doré dans l'évolution du Quidditch, nous conseillons vivement la lecture de l'ouvrage intitulé *Le Quidditch à travers les âges*, par Kennilworthy Whisp (éditions Dumalley fils, 1952).

Répertoire des créatures étudiées dans cet ouvrage

Acromantule (Acromantula)
Augurey, ou phénix irlandais (Irish phoenix)
Bandimon (Bundimun)
Basilic, ou roi des serpents
Billywig
Botruc (Bowtruckle)
Boullu (Plimpy)
Boursouf (Puffskein)
Centaure
Chaporouge (Red Cap)
Chartier (Jarvey)
Cheval ailé
Chimère
Ciseburine (Chizpurfle)
Clabbert

Crabe de Feu
Croup (Crup)
Demiguise
Diablotin
Dirico (Diricawl)
Doxy, ou fée mordeuse (biting fairy)
Dragon
- Boutefeu chinois, ou Dragonlion
- Cornelongue roumain (Romanian Longhorn)
- Dent-de-vipère du Pérou (Peruvian Vipertooth)
- Magyar à pointes
- Noir des Hébrides
- Norvégien à crête
- Opalœil des antipodes (Antipodean Opaleye)
- Pansedefer ukrainien (Ukrainian Ironbelly)
- Suédois à museau court
- Vert gallois commun

Erkling
Éruptif (Erumpent)
Êtres de l'eau (sirènes, selkies ou merrows)
Fangieux (Dugbog)
Farfadet
Fée
Fléreur (Kneazle)
Focifère (Fwooper)
Gnome
Goule

Grapcorne (Graphorn)
Griffon
Grinchebourdon (Grumbumble)
Hippocampe
Hippogriffe
Horglup (Horklump)
Jobarbille (Jobberknoll)
Kappa
Kelpy
Licheur (Nogtail)
Licorne
Loup-garou
Lutin
Malagrif tacheté (Mackled Malaclaw)
Manticore
Moke
Moremplis (Lethifold)
Murlap (Murtlap)
Musard (Streeler)
Niffleur
Noueux (Knarl)
Nundu
Occamy
Phénix
Povrebine (Pogrebin)
Porlock
Quintaped, ou McBoon velu (Hairy McBoon)

Re'em
Rémora
Runespoor
Salamandre
Serpencendre (Ashwinder)
Serpent de mer
Sharak (Shrake)
Sphinx
Strangulot
Tébo
Troll
Veaudelune (Mooncalf)
Veracrasse
Verlieu (Lobalug)
Vivet doré
Yéti, ou abominable homme des neiges (Bigfoot)

Table des matières

LES CANONS DE CHUDLEY

Weasley,
si tu veux écrire dans mon livre,
choisis au moins
le nom d'une bonne équipe
pour changer

*Comic Relief a été fondé en 1985,
par un groupe de comédiens britanniques
afin de collecter des fonds destinés à soutenir
des actions en faveur de la justice sociale
et contre la pauvreté. L'argent récolté dans
le monde entier grâce aux ventes de ce livre
servira à aider les communautés les plus
en difficulté des pays les plus pauvres.
Comic Relief est une association
caritative enregistrée (n° 326 568 pour
le Royaume-Uni et le pays de Galles ;
n° SCO39730 pour l'Écosse).*

COMIC RELIEF

Ainsi que l'a écrit Dumbledore dans son introduction, le produit des ventes de cet ouvrage tout à fait spécial permettra à l'organisation caritative britannique Comic Relief d'aider des gens qui ont une existence terriblement dure, au Royaume-Uni et dans les pays les plus pauvres du monde.

Depuis 2001, les livres que J.K. Rowling a eu la gentillesse d'écrire pour Comic Relief, *Le Quidditch à travers les âges* et *Les Animaux fantastiques*, ont rapporté près de dix-huit millions de livres sterling de bénéfices – une somme d'argent magique qui est déjà activement en train de changer des vies.

Ces recettes sont notamment utilisées pour permettre l'éducation d'enfants vivant dans

des conditions de pauvreté extrême. Soixante et un millions d'enfants à travers le monde n'ont pas accès à l'école primaire. Pour beaucoup, aller à l'école constitue l'unique véritable espoir d'échapper à la misère qu'ils affrontent au quotidien. En un an seulement, Comic Relief a ainsi permis à plus de cent soixante mille enfants de recevoir une éducation classique, leur offrant de meilleures perspectives d'avenir.
Ainsi, en achetant ce livre, vous contribuez à procurer des manuels scolaires, du matériel et des uniformes à ces enfants, mais aussi à couvrir leurs frais de scolarité.
Merci de votre soutien. Pour en savoir plus sur Comic Relief, rendez-vous sur :
www.comicrelief.com, suivez-nous sur Twitter (@comicrelief) ou sur Facebook !